浮光下的絢陽

花鈴——著

目次
Contents

【楔子】

菜鳥店員的面試

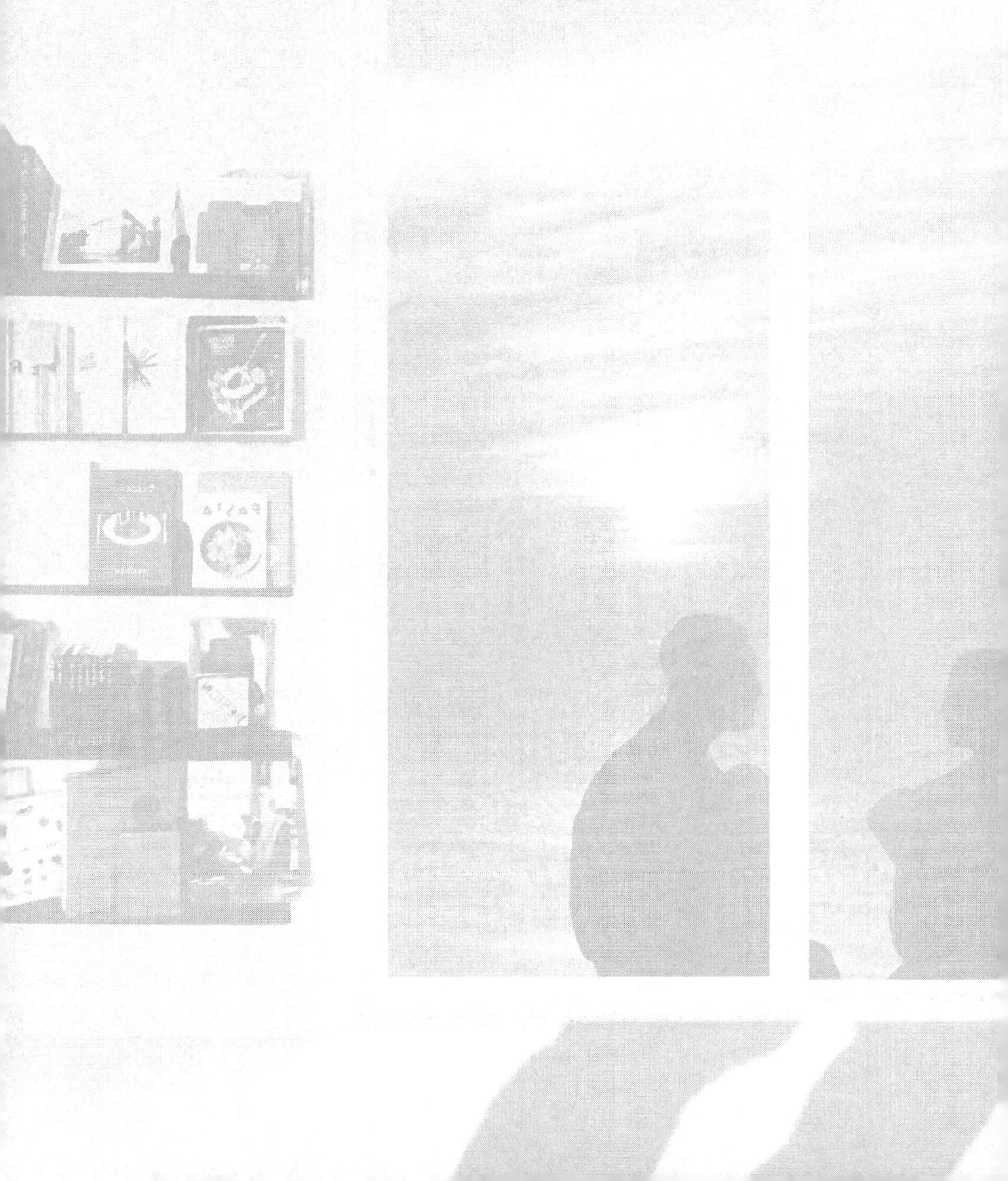

上午十點整，浮光書店外的會客區面對面坐著一對男女。白金色髮的斯文男子端正坐在椅子上，手裡拿著一份面試文件夾，琥珀色的雙眼凝視著女孩。女孩則穿著正式的服裝，白色襯衫搭配黑色短裙。此時她面帶微笑，雙手擱在大腿上，緊張地握緊手指，極盡所能地表現出端莊禮貌的氣質，因此使她異常耀眼。

「妳為什麼想要應徵書店門市的工作？」男子唇邊始終帶著溫柔的微笑。

「我喜歡看書，很喜歡寧靜的空間。」女孩烏黑的眼睛說話時，隱隱閃動靈活明亮的光輝，讓人無法轉移視線。

「只有這個原因？」男子垂下頭，探詢的視線將面試者的個人基本資料依序掃過。

她是應屆畢業生，先前沒有任何打工經驗，在校時讀的是文科中文系，是位完完全全沒有社會經驗的新人。

女孩不假思索，幾乎沒有半點猶豫，張口就說：「我想深度學習這個行業！」

聽見她中氣十足的聲音，注視著女孩一臉傻笑的模樣，男子愣了愣，目光有一瞬呆滯，心中驀地浮現這麼一個字。

好。

他知道自己不是個衝動的人，可是不知道為什麼，望著她的雙眼，有股神奇的力量令人無法忽略那雙眼睛帶來的誠摯。

他闔上文件夾，「那麼，回去等候通知。」

基於公司面試規則，還是得如此宣告——儘管他認定了她。

【第一章】

書店的文青，氣質的店員

「BO……書號的開頭，唔，是放這裡。」

王郡瑀跪在地上，專注在書櫃下方、書車內一本本的庫存書籍。動作遲疑地抽出一本書，雙眼來回掃視書架上井然有序的書籍。

「應該是放這吧？」王郡瑀喃喃自語，苦惱地挪動架上書籍，將類型相似的放在一起，做個簡單的分類處理。

櫃檯響起鈴聲，王郡瑀轉頭看了一眼，正準備起身，聽見同事的叫喊：「郡瑀，接下電話！我在結帳。」

「來了！」二話不說，她跳了起來，急匆匆地奔往櫃檯。

站在電話前，王郡瑀頓了一下，深呼吸，將話筒接起來，「浮光書店您好！」

王郡瑀一邊開打google map，試圖從地圖尋找線索，然而地圖沒有她要的答案。皺著眉頭，面露遲疑地說：「啊……應該是左邊吧？」

電話中的客人詢問，若走高架，應該往哪個出口下去。對於根本不會開車的王郡瑀來說，這個問題十分棘手。

「呃……是。」

「捷運站出站後，右轉，您會看見一棟白色建築物，二樓就是浮光書店。」

「我們店內有提供座位，您可以至現場看書。」

掛上電話，王郡瑀苦惱的咬著嘴唇，內心質疑自己的說詞是否正確。

「還好嗎？現在接電話還會緊張？」同事李芝瑜忙完結帳，轉頭看向思索中的王郡瑀。

「不會不會！」

「三個月了耶！適應還習慣嗎？」

王郡瑀是新報到的菜鳥職員，三個月前，剛畢業的她在人力銀行投下履歷，沒多久便收到面試通知。幸運的是，她應聘成功，順利進入浮光公司底下的直營書店擔任門市職員。

「習慣，目前依舊在熟悉書籍的陳列位置。」

「這部分只要常常處理客戶訂單就會熟悉非常快。」李芝瑜正在著手擺弄裝飾在牆壁的乾燥花。她指了指待處理的文件夾，「裡面有客戶訂單，先幫忙處理好嗎？」

「好的，馬上處理！」王郡瑀將剩下的書籍上架後，拿著一枝筆及訂單穿梭於書櫃與書櫃間的走道，將客戶要的書籍抽出來，放在書車上。

書店位於二樓，占地五十坪，外牆以白磚建造，窗戶採用鐵花窗的設計，典雅且色調柔和的室內裝飾，再輔以乾燥花點綴，寧靜悠閒的氛圍，使得氣氛輕鬆自在。

店內左側是一大片的玻璃落地窗，一排淺藍色椅子整齊並排於窗邊，陽光朦朦朧朧從窗戶照射進來，好似覆上一層薄薄的輕紗。

為了避免靠窗的書籍長時間曝曬，導致書背嚴重掉色，最後淪為瑕疵書，無法販售。落地窗簾多半呈現拉上狀態，阻擋室外照射進來的陽光。

這是她工作的場所，也是踏入職場後的第一份工作。

經過其中一排書架走道時，王郡瑀雙腳稍稍一頓，看著一名年約七歲的小男孩把童書放在地上。

「弟弟，不好意思打擾了，書不可以放地上哦！」

畢竟書籍是販售給客人，不能隨意棄於地上，這不僅對書籍不尊重，更對前來購買書籍的客人也不尊重。

正在處理客戶訂單的王郡瑀聽見櫃檯傳來客人咆哮聲，連忙擱下手邊的事務，站在書櫃後面瞧著。

「小姐，你們整我啊?!怎麼訓練員工的？竟然跟我說了一條錯誤的路線，害我在路上繞來繞去。」

李芝瑜愣了一下，有些摸不著頭緒，仍好聲好氣地詢問：「請問發生什麼事情嗎？」

「我剛剛打電話問你們交流道要下哪一條，你們跟我說了一條錯誤的路線，自己的公司自己不知道，搞什麼！這麼笨還當店員！」客人扠著腰，脾氣十分火爆。

他拿出手機，「我要這兩本書，快去找。」

「好的。」李芝瑜看了眼螢幕，繞出櫃檯，從書架上取下兩本書，「請問有會員嗎？」

「沒有。會員是怎樣？」

「書店目前會員是七九折，沒有會員的話是九折。」

「會員要怎樣查？我不知道我有沒有，查一下。」客人揚了揚下巴，宛如大爺指使李芝瑜動作。

王郡瑀對於這句話不知道聽了多少遍了，連自己有沒有會員，曾經在哪裡留過資料都不清楚。

面對客人命令式的口吻，李芝瑜面不改色地操作電腦，「只要是您當初填寫的資料都可以查，麻煩您提供電話給我。」

客人報出數字，李芝瑜在系統輸入客人的電話號碼，幾秒鐘後，她回道：「查無您的資料喔，這兩本書幫您打九折。」

客人一聽不高興了，展開盧人的功力，「我大老遠跑來欸，通融一下，七九折啦。」

李芝瑜露出為難的表情，「非常抱歉，這是依公司規定，公司會查的。」

「嘖，算了，這兩本多少？」沒有拿到優惠，客人不是很開心，拿出錢包準備付錢。

李芝瑜將兩本書條碼刷入，一併詢問：「請問需要統編嗎？紙袋也需要嗎？」

「紙袋要錢嗎？不然給我塑膠袋吧！」比起紙袋，塑膠袋更好用。

「紙袋不用錢，塑膠袋一元喔！」

客人聽見要錢，立刻打消念頭，「行了，紙袋就紙袋，快點吧，我車停在路邊，你們這邊很難停車，也沒有停車場。」

離開前，客人碎碎念道：「你們下次真的要注意，怎麼會不知道公司的交通方式！」

李芝瑜面帶微笑說道：「非常抱歉，我們會再加強訓練。」

等客人離開，王郁瑀怯怯地站在靠近櫃檯某個書櫃後方，歉疚地說：「對不起。」

「剛剛妳接到的電話是他嗎？」無端掃到颱風尾的李芝瑜面露不悅，這部分的心情大致上來自於客人無腦的亂罵，並非真的不爽王郁瑀，「下次不知道的話就說不知道，我自己也不知道要下哪一條。」

「他是不會用導航嗎？而且這裡靠近捷運站，通常不是騎機車，就是搭捷運或公車，如果是問這些交通工具，我們知道咧！高架那種我們沒轍。」林伯佑坐在電腦前，抬起頭說了一句。

「拗折扣的客人好多喔。」王郁瑀學到了一件事情，先前遇到拗折扣的客人，不清楚要如何應對，差一點腦波弱，給客人便宜的折扣，違反公司條款。她發現李芝瑜的談吐恰當，或許以後可以用這個方式拒絕客人。

「一本書的製作不容易，外面書籍折扣大多是七九折。除非遇上特別節慶活動，有特殊的折扣。」林伯佑說。

「之前我們有個客戶的客人向他訂一本書，折扣要五折，說外面這本書，網路書店賣五折。」李芝瑜翻了翻白眼，「然後客戶跑來跟我們殺價，當然沒辦法啊，店長說那是出版社另外簽約。」

王郁瑀驚詫，五折？那出版社賺什麼？出版社賣給書店是五折，五折再轉賣出去，還要扣除人事等其他支出，真正賺得錢不多。

「像我們回頭展折扣就比較低，一至四本四八折，六本以上二八折。」林伯佑說道，隨手抽起一張文件，遞給王郡瑀。

「回頭展是什麼？」王郡瑀好奇問道。

回頭展顧名思義是，販售書況較不佳的書籍，當書籍鋪貨至通路後，被消費者翻閱、退貨等各種移動中的風險，有機率造成書籍受損，這類型的書籍很難再販售，以及部分銷售不佳的書籍，庫存量過大，會特別舉辦回頭書展出清。

有些消費者不會介意書況，有些消費者會介意。在低折扣、物價上揚的情況下，還是會有很多消費者願意買單。

「根據以往舉辦的回頭展，評價很好，許多客人每一年皆會詢問是否有回頭展。去年的回頭展，人潮如蝗蟲過境，超可怕的，補貨根本來不及，結帳結到手軟、頭昏腦脹。每個人手約好幾袋，單筆消費平均有四千五百元。」

林伯佑直至今日，想起來仍心有餘悸。去年的回頭展是由他操辦，主題採用童書，當時進貨數量足足有四大板，活動舉辦一週，直到活動結束後，剩下的書籍大約可以疊半板的份量，足以說明回頭展的銷售佳績良好。

原來這就是回頭展——王郡瑀恍然大悟。

「哇，我無法想像蝗蟲過境。」

王郡瑀剛到職不久，沒有親自辦過書展，但以前在逛地下街時，會看見少數攤位折扣特別的低，書籍的書況沒有如全新那般好。

攤位前倒是擠得水洩不通，看見人那麼多，王郡瑀打消逛回頭展的意願。林伯佑說的蝗蟲過境，她能懂。

「今年會舉辦回頭展嗎？」王郡瑀低頭閱讀手裡的文件。

這份文件是回頭書展的工作聯繫單，裡面包含活動舉辦時間、場地、供應商、進貨折扣等相關資訊。

「今年不會舉辦回頭展。」

剛開完會議的店長從門口走進來。飄逸的白金色頭髮有一種酷颯的美感，今天店長的穿著依然十分帥氣，墨綠色長袖條紋針織毛衣搭配黑色直筒褲，腰間繫著黑色皮帶，鞋子則以黑色長襪及黑色皮鞋為主。

「剛才有發生什麼事情嗎？」傅忻睞了一眼，因為看見他們全部聚集在櫃檯，那麼就是有發生事情。

王郡瑀癡癡地看著儼然是衣架子的店長，一接觸到他詢問的眼神，猛地回神說道：「對不起！」

傅忻挑了挑眉，轉向李芝瑜。李芝瑜簡單扼要說明稍早發生的事情，傅忻有了初步了解，點了點頭。

「沒事的，下次若不清楚，可以詢問同事後再回答客人。」純粹的琥珀色眼睛露出一絲柔和之色，傅忻的安慰緩和王郡瑀緊繃的神經。

王郡瑀悄悄的打量坐在位置上處理文件的傅忻，店長年約三十歲，十分年輕，他既溫柔又帥氣，打扮和穿著風格就像偶像明星，從面試的初見的當下，王郡瑀就認為他應該去當模特兒，而不是屈就於書店，不過他當起書店店長，一點也不違和，臉上時常掛著溫和斯文的微笑，如沐春風，身為底下的員工，每天都能欣賞到這般好風景，這也是她喜歡這份工作的原因。

至於傅忻因為什麼緣由從事書店的工作，王郡瑀不清楚，儘管她很想知道。

還記得面試的時候，傅忻問了一句：喜歡看書嗎？喜歡看什麼類型的書？當時她的回答十分普通：喜歡看書，有興趣的都會看。

欠缺思慮的話，她竟順口溜出來。傅忻當時的表情淡淡的，沒有因為她這般沒特色的回答而皺眉。

會應徵成功，她是萬萬沒有想到，除了回答普通外，她甚至在應答上沒有很流暢俐落，心律因緊張及在帥哥的凝視下跳得極快，為了克服這個問題，談吐拉揚音調，強迫自己中氣十足、精神百倍去應對。

「店長，今年不辦回頭展嗎？」李芝瑜問起剛才的疑惑。

「看情況，原則上不會辦。」傅忻說著，頭沒有抬。

「好可惜。」李芝瑜想著這次也要買幾本童書回家看。她身為員工，先前幾次回頭展，童書、推理小說等等她都會去捧場，挖挖看有沒有好康。

傅忻彎起嘴角，淺淺一笑，「今年會辦其他書展，不是回頭展。」

聽見另有書展，李芝瑜眼睛亮起來，又可以挖寶囉！

「是什麼類型的書展？」

「新書發表會。」傅忻語帶保留地說，「到時候我會說。對了，明天林總會請下午茶。」

「太好了！」李芝瑜樂得去忙其他事情。

傅忻視線轉向默默做事的林伯佑，想起稍早在會議上聽見的趣事，不由笑了一下，「伯佑，你的績效考核……寫得很好。」他有預感，明天林總上來二樓的時候，會針對這件事情再說一番。

此時電話響起，櫃台除了店長和林伯佑正在講話，沒有其他人能接電話。王郡瑀趕緊接起，「浮光書店，您好！」

電話那端是位女客人，劈頭直接問了一本書：「你們有沒有這本書，《握住你的手》，我要三十本，很急。」

「我們數量沒這麼多耶，目前店裡只有一本。」王郡瑀透過系統查出目前倉庫量仍足夠。

「啊？你們沒有喔！這不是你們的書嗎？」女客人激動地說，一副不敢置信竟然沒有這本書！

「書店不是倉庫喔，除非是近期新品，否則不會有這麼多的庫存。」

王郡瑪心想，外面書店品項最多只有一本，很少會放二十本以上的庫存，除了暢銷品，某些暢銷品備貨量高達一百本至兩百本，例如某些當紅圖文書。

這位太太可以不要把書店當作自家倉庫嗎？王郡瑪內心OS。

儘管心裡吐槽到極點，王郡瑪依然禮貌地說道：「三十本可以幫您訂購，訂購天數約兩至三個工作天，不含假日，請問有需要嗎？」

「不能再快嗎？還是我可以去你們倉庫拿？」女客人抱怨道。

「不能……不好意思。」

倉庫不是妳家，可以不要提這種無理的要求嘛！王郡瑪簡直目瞪口呆。

「好吧，幫我趕趕看，我是幫人代訂的，要參加讀書會，後天就要用這本書。」

後天……王郡瑪看了一下月曆，評估後道：「後天下午應該可以到。能否先留您的信箱，我稍後寄報價單給您。」

「沒關係，我會到店自取，我跟妳說，我發票要這樣開——兩本妳幫我開五張、五本三張……呃，我想想喔，八本、不，五本開四張好了，剩下的都開一張就好。」女客人劈哩啪啦說了一堆。

兩本五張、五本四張，剩下的一張，王郡瑪腦袋打結，完全跟不上速度，手忙腳亂在紙上寫下客人的要求，並在電話中複誦一次，避免出錯。

「我還會再訂，這本老師寫得很好，你們要多進貨，幫我備著，我可能還會追加。」

王郡瑀感到鬱悶。

重點是這本書在店裡銷售不佳，從半年前上市後，只販售出一本。正常來說不會備太多貨，要特別為了她囤積這麼多嗎？

王郡瑀沒有答應，「我先幫您保留訂單資料，請問小姐貴姓？」

「我姓溫。到時候會去取書。你們幫我包好，箱子不要太大，我要放機車上，然後你們幫我搬下去，我腰不好。」

「……是，好的。謝謝。」王郡瑀應答的有些勉為其難，由於不曉得如何拒絕，只好先答應。

林伯佑在電話結束後，問道：「團購嗎？」

「對，訂購《握住你的手》三十本。」

「啊，溫小姐。」林伯佑光是直接聽見這本書的名字，已經猜到是誰要買了。「她又叫我們開很多張發票嗎？然後送下去？」

「對呀。」

王郡瑀瞪著手裡的紙條，喃喃自語發票開立的數量，然後聽見林伯佑這樣說：「下次妳可以跟她說：『我們可以借給您推車。幫您送下去要看當下是否有其他客人在場，如果沒有人力，無法配合。』」言下之意，就是不配合送下去的服務。

「好的。我剛剛正苦惱要如何拒絕……所以先答應了。」

「沒關係。」傅忻出聲道。

「對啊，到時候再看情況。之前有幫她送下去一次啦，那次滿扯的，她站在一邊，什麼話都沒說，擺明要我們搬下去。」林伯佑就是那次的受害者。

「店長，那我們要幫她備貨多一些嗎？她說除了三十本可能會追加，要我們備多一點。」這部分王郡瑀十分苦惱，不曉得該不該照溫小姐的意思處理，萬一備貨後沒有銷售，變成是累贅的庫存。

傅忻沉吟了會，下達指令，「幫她備貨，多備一些。伯佑，你下採購單。」

先前王郡瑀聽店長說過，某些外面通路的書店每個月有限制退貨額度，不能隨便退就退。舉例來說，某家書店本月進貨約十萬元，退貨每月限額一萬元。除了退貨有規矩，退貨包裝更是一門深奧的學問，箱外需要綁上紅繩，箱內書籍擺放需要書頁靠邊角放。

所以職員們在下採購的時候，數量需抓得很精確，會評估哪些類型的書籍是暢銷書，或者依據店鋪在這社區的經營型態，哪一種類型的書籍銷售較佳，進貨數量會較高，就像她家附近的租書店，武俠小說客群較多，租書店內的武俠小說特別多。

而哪些書該退貨，更是一門學問。

前些日子，王郡瑀一旁協助李芝瑜挑出許多書況不佳、列為絕版回收的書籍，打了一張退貨單，裝箱送回倉庫。這些已列絕版，需要回收的書籍是禁止販售，屆時回收期限一到，系統便會鎖住，想退回倉庫就無法了，理論上仍有一些設定絕版的書籍仍繼續販售，這取決於出版社與作家合約的簽訂模式。

去年盤點的時候，出現不少超過回收期限、書況不佳、賣不掉的書籍，這些書籍最後淪為不盤點，拿去製作書磚，當作重點新書陳列底下的磚塊，或者拿去資源回收。

浮光書店因為是自家公司旗下直營門市，只販售浮光出版社的書籍，沒有這麼多規矩，大多時候，浮光會挑出書況不佳、銷售不佳且庫存量過多的書籍，進行退貨。

既然是販售書籍的地方，書籍陳列種類需多樣化，然而因空間不足關係，很難滿足種類多樣化的需求，每隔一段時間，職員必須淘汰掉太久沒有販售紀錄的書籍。

針對書況不佳的書籍，黃斑、黑汙、撞傷、破損，王郡瑀在處理客戶訂單，或者上架給消費者購買較嚴格，畢竟時常會遇到反應書況不好的客戶和客人。

讓王若瑀印象最深刻的是，曾經遇過客人龜毛某線裝書有縫隙、不喜歡別人翻閱過的痕跡，同事採購時訂了很多本進來，提供給客人挑選。

當下，王郡瑀實在看不出來這本書哪裡有縫隙、哪裡有被翻閱過的痕跡，服務業沒得選擇，只能盡量滿足客人提出的要求。

然而，有些事情真的做不到。

例如黃斑書。有些書籍印刷時採用較容易泛黃的紙張，再加上出版年較久的書籍、島嶼天氣悶熱潮濕，這些因素都會導致書籍加速泛黃，儘管倉庫安裝除濕機器，仍然無法避免書籍過一段時間，黃斑佔據書頁。

除非客人願意接受，否則不會強迫客人購買。

王郡瑀細細檢查書籍狀況，把客戶訂單裡的書籍裝入箱子。裝到一半的時候，傳忻經過瞥了一眼，招手把李芝瑜叫過來，「芝瑜，妳教一下。」

「如果遇到十八開大小的書，妳要交叉放，左上角和右下角。就像這樣……」李芝瑜動手示範，「中間如果還有空位，書背朝下，直立放進去。如果沒有這樣放，當貨運司機在搬貨的時候，會容易因為重量不均勻而傾斜，導致某邊過重而撞傷更嚴重。」

王郡瑀點了點頭，將剩餘的書籍，放入另外一箱，「那二十五開我放的正確嗎？」

「這樣是正確的。二十五開就是市面上常看到的尺寸，14.8×21公分，我們並排放，如果是我的話，我會把書背朝內，這是之前一個客戶跟我說的，他說這樣書籍在運送過程才不會被撞傷。」李芝瑜往箱內仔細瞧了瞧，重新調整位置。

「這樣明白嗎？」

「可是客戶還是會跟我們說有收到撞傷書。」

「唉，運送過程中這是難免的。所以箱內要塞多些廢紙或填充物，防止滑動。有些書籍是精裝書、大開本、童書，我會另外用紙包起來，或者放中間，旁邊塞紙啦。」

「我知道了。」王郡瑀認真地點了點頭，努力把這些知識吸收進腦袋裡。她想了想，決定拿紙筆記錄下來。

原來連包貨都有這麼多的眉眉角角，書店員工也是份不容易的工作呢！

【第二章】

同事的離職，生活的轉折

書店環境十分清幽，在外人眼裡總認為能在書店做事是非常有「氣質」的一件工作，並非想像中輕鬆，不是優雅地站在櫃檯當花瓶，或者閒來無事，悠閒地站在書櫃前看書、整理書籍，而是勞力活。

店裡書籍高達兩萬本，整理起來十分費時，如同此時此刻。王郡瑀跪在地上包貨。最近是熱門的雙十活動，訂單量極多，多到她處理起來頭昏腦脹。

「這張訂單總數量不對。」人在包貨區的傅忻看著電腦螢幕，系統顯示的數量和清點完畢的數量無法符合。

「對、對不起。是我處理的！」看見傅忻揉著額角，王郡瑀一驚，急匆匆地跑過去，沒注意腳下隨意放置的空箱子，雙腳不偏不倚擦撞，重心一個不穩，人向前傾。

「小心！」一隻堅實的手恰到及時扶住傾斜的身子，將她拉起來，手正牢牢地扣在臂膀。

驚魂未定的王郡瑀一手握著臂膀的大手，慢慢抬起視線，觸及那雙澄澈的琥珀色眼睛，怔愣了幾秒。他的眼睛顏色十分少見且美麗，深深地凝視總感覺靈魂會被吸進去。

事實上，她多次著迷。

那種淺淺的琥珀色，如陽光穿過早霧，散發朦朧的朝輝。

「慢慢來，不用毛毛躁躁。」傅忻見她站穩後，鬆開手，開口說道。

王郡瑀摸了摸頭髮，侷促地站直身軀，正經八百喊了一聲：「是！」

傅忻笑了一下，抽起桌面的訂單，「過來看一下，這張單是妳處理的？」

跨出一步的王郡瑀不小心一腳踩在傅忻的腳背，紮紮實實的一下讓傅忻的眉毛閃過一絲摺痕，儘管很迅速整理好表情，仍被王郡瑀收進眼底。

「哇啊，店長，對不起！我不是故意的，會痛嗎？」誰可以打醒她？她怎麼會粗心大意做出這種事情，竟然毫不客氣地踩踏店長大人的腳。哦，一定很痛，瞧他的臉色有一瞬間露出疼痛的變化。

如果是她被踩早就變臉了，沒想到傅忻只是淡淡地笑了笑，彷彿方才那一踩是輕微的觸碰。

「不痛，沒關係，妳沒摔倒就好了。」

店長大人人真好呢……王郡瑀察覺自己踏入職場後，如同冒失鬼，可是傅忻包容力極強，當她失誤，或者做錯事，不知道該怎麼做得時候，他總是溫柔細心的指導。

能遇見這麼好的主管太好了。

哪像她學生時代的同學們，遇到兇巴巴、雷厲風行的主管，被罵得滿頭包。

「有發現是哪一本漏抓嗎？」傅忻的聲音拖回王郡瑀的思緒，「系統刷二百二十五本，訂單上是二百二十六本。」

回神的王郡瑀睜大眼睛掃過訂單上每一筆書籍名稱，「我、我看看喔！」

「啊，我想起來了！那個時候突然有電話，我記得這本書當時我不確定有沒有抓，接完電話後我以為有抓。」王郡瑀移動滑鼠，在系統裡面尋找是否有這本漏抓的書，並沒有在明細中發現此本，「抱歉，我確定是這本漏抓。」

「沒事的，下次細心一點就好。」

「店長，請問待會你有空嗎？」林伯佑握著雙拳走過來，面色有些嚴肅。王郡瑀看了一眼，怎感覺林伯佑要說一件很重大的事情？

「有，等我十分鐘。」傅忻低頭看了眼手錶時間，轉頭對王郡瑀吩咐：「郡瑀，剩下交給妳處理，把漏掉的書籍刷進去，然後製作成報價單，印出來一份放箱內，另外寄電子檔給客戶。」

「好的！」王郡瑀中氣十足地喊道。既是店長親自吩咐，這件事情一定要做好！

王郡瑀看見林伯佑和傅忻獨自到書店外面的會客區，兩人不曉得在聊什麼，表情皆慎重嚴肅。

在不是很熟練的情況下，她照著傅忻的指示，嘗試不看筆記，循序漸進完成傅忻交代的任務。

林伯佑和傅忻聊了三十分鐘，到現在還沒聊完。現在他們人不在書店外面，應該是去樓上會議室私聊。

此時，書店入口步入一位中年男子，一進門就對櫃檯大聲喊道：「喂喂，我要兩本商業雜誌。」

王郡瑀從座位起身，走到櫃檯前面，「我們沒有賣商業雜誌，只有少部分美妝雜誌，都放在那邊。」說著，她人已步出櫃檯，單手示意左前方新書區旁的黑色三層架。

男子聽了很是惱火，「搞什麼啊，你們樓下的小姐說這裡有賣啊，我問了兩個，一個說不知道，問了第二個說這裡，當我吃飽撐著沒事做嗎?!」

他的嗓門非常震撼，近乎是咆哮的階級，說話間眼神凌厲。

有那麼一瞬，王郡瑀耳朵嗡嗡作響，她緊張地縮緊雙肩，面色僵硬地看著他，弱弱地說：「我們樓下沒有小姐，我不清楚你問的是誰。」

「這棟樓不是都你們的嗎？妳怎麼會不知道?!」

她真的不知道樓下的小姐是誰啊！樓下一半是警衛室，一半是空屋，沒有租出去給別人使用。

浮光公司佔據五層樓，二樓是書店，三樓是出版社辦公室，四樓是會議室，五樓是小型倉庫，專門給出版社使用。

王郡瑀焦慮地翹首瞅著門口，有沒有人來幫她忙啊，這個客人好兇悍，嗚嗚嗚，要怎麼應付他？除了拒絕，想不出更好的辦法。

她真的不知道是哪位小姐跟他說有賣商業雜誌，這不害死人了嗎？她才剛報到沒滿半年，出版社裡面的人沒幾個熟悉認識，甚至大部分喊不出名字。

李芝瑜剛好現在人不在書店，剛才似乎看見她到樓上交會員申請書給出版社客服人員，還沒下樓嗎？芝瑜、伯佑、店長……你們能不能趕快出現！

「我不曉得是哪位小姐跟您說的，但我們真的沒有賣商業雜誌……」她的聲音嬌嬌弱弱的，面對客人怒目相視，勇氣全部縮進龜殼裡了！

「所以妳現在是跟我說沒有？」

男子突然伸出手，揑住王郡瑀的領口。今天她穿得正好是襯衫，衣襟成為最好的下手目標。呆滯、愕然的目光瞪著掐住自己衣領的粗壯手臂，臂上佈滿各種顏色的刺青，活脫脫是黑道等級。

脖子驟然緊縮的力道，勒得她呼吸一窒，非常不舒服，前所未有的恐慌蔓延全身，她的手涼涼的，甚至隱隱顫抖。

他、他他他竟然對她使用暴力！

該不會她遇到黑道大哥了吧？她不想被打啊！

「真、真的沒有賣……」沒有的東西就是沒有，她不可能憑空生出來。

「那現在怎麼辦，我人都來到這裡了，是要我空手而回嗎？說話啊！」男子大聲的咆哮。

王郡瑀嚇到不知道該怎麼辦，除了頻頻吞口水，一雙眼睛充滿恐懼地睜得圓滾滾，「對不起，真的沒有……」

看見男子握緊拳頭，王郡瑀簡直魂都要飛了，該不會下一秒拳頭就揮過來了吧？

不要！她不想要被打啊！嗚嗚嗚！

她的思路當機，渾身發抖。就在男子舉起手時，她害怕地閉上眼，雙腳抖得如秋風掃落葉。

「先生，這裡有監視器正在錄影，請勿對他人使用暴力，否則容易引起一樓警衛注意。」

傅忻的嗓音忽地響起，不同於往常溫柔的音調，這句話低沉且清冷，口吻透露出不容忽視的威嚴。

王郡瑀顫然睜開眼睛，映入眼簾的是傅忻正攔住男子即將揮下的大掌。他筆挺地站在她身邊，高大英勇的身材令人感到心安，今天穿著棉質長袖，搭配卡其色長褲，袖子翻捲至手肘的部位，露出一截結實充滿爆發力的肌肉。

只是傅忻的眸光冷冷地，宛如冬日凜冽的寒風在雪地裡呼呼作響，別於往常溫和斯文的氣質，看起來完全是另一個人。

「喂，是你們跟我說這裡有賣的！現在是翻臉不認帳？」

脖子一鬆，王郡瑀抓準時機，膽戰心驚的快速往後退，退到傅忻的身後，像個受驚的小孩子庇護在大人的後面，尋求保護。

傅忻轉過頭來，瞥了她一眼，眼中流露出一絲轉瞬即逝的溫和，無聲地透露出有我在，妳放心的意味。

王郡瑀怔了怔，回想起他冰冷的目光，看著傅忻寬厚的背部，也許是錯覺罷了。

「非常抱歉，是本公司員工教育不佳，會再加強訓練，若以後有任何購書需求，也可以先來電詢問，避免您白跑一趟。」傅忻謙和有禮地抽起一張放在櫃檯的名片，遞出去，「這是書店的名片，請您收下。」

說話間，他的眸光已無涼意，一貫的溫和重回臉上，用服務業基本的態度應對。

男子深深吸一口氣，高漲的氣焰弱了幾分，畢竟剛才動手的人是自己，礙於監視器和一樓警衛，確實不該再爭執下去，最後吃虧的還是自己。

「你們員工教育要再加強！」拋下一句話，男子甩手，轉身揚長而去。

這一刻，王郡瑀看著傅忻的目光透出赤裸裸的崇拜，店長就是不同凡響，用一句話就能打退奧客。誰叫自己慌了，剛踏入職場，壓根沒有應對奧客的能力，居然沒有想到可以利用監視器這個說詞去應付。

若不是店長及時出現，她真的會被暴力相向，運氣爛一點的話，直接進急診室了。

傅忻轉身，低頭打量，「還好嗎？有沒有哪裡不舒服？」琥珀色眼睛盯著她的脖子，擔憂的目光竟讓她感到一絲急切？是她的錯覺嗎？

王郡瑀失措地對上他溫柔的眼睛，不管是不是錯覺，總之心忽地慌亂了起來，意識到兩人站得很近，向後退了一步。

她啟唇，嗓音不曉得是被嚇壞了，還是其他因素，突然變得沙啞。

尷尬的清了清嗓子，王郡瑀垂下眼簾，回道：「沒事。」

「如果有不舒服的地方要跟我說，這件事情我會通報給經理。」傅忻盯著她脖子某處，眼中閃過一絲異樣，「幸好我來得及時。」當時還沒跨進書店時，就聽見咆哮聲，跨進店裡，看見王郡瑀像被小雞拎著，一時間怒氣湧上心頭，顧不得彬彬有禮的態度，撕毀面具。

「店長，我真的不知道那位客人聽了誰的話。」王郡瑀能體會客人白跑一趟的心情，畢竟時間是很寶貴的。

「聽了誰的話都不重要，也許是出版社的新人，對我們販售的類型不熟悉，不小心跟客人說錯。」這種事情不是第一次發生，先前曾發生過，有員工跟客人說書店有賣某書籍，實際到現場剛好沒有庫存，只能訂購。

「嗯嗯嗯，我明白了！謝謝店長及時出現！」

「妳沒嚇到哭就好了，郡瑀很勇敢。」

「其實我怕得快要尿褲子了。」話剛出口，王郡瑀面露赧色，簡直想自打嘴巴，就不能說點好話嗎？一定要扯到尿褲子，多麼沒面子啊！

傅忻愣了一下，低聲笑了出來，讓王郡瑀無地自容。

「下次遇到這種客人，如果店裡沒人的話，就撥分機給一樓警衛，知道嗎？」儘管是叮嚀的語氣，琥珀色眼中有了幾分嚴肅。

他底下的員工不容許在職場工作的時候遇到危險因子。

※　※　※

自從商業雜誌事件過後，王郡瑀只要看見身材魁梧、肌肉發達，或是面容兇惡的客人，會怕得避退三舍。

除了店長，店長的身材屬於完美的倒三角，精瘦的狀態下不會像隻猴子，反而該肉的地方有肉，該有肌肉的地方有肌肉，勻稱且線條優美，理所當然無法跟那位奧客比較。

她喜歡的是店長那一款，不喜歡過度健美的身材。經過這次事件，她發現更欣賞店長，善解人意、溫柔貼心，是好男人的範本啊！

經理得知這件事情後，特別向出版社的營運單位的經理談起此事，各自讓所有單位的員工加強訓練，避免類似的事情再次發生。

王郁瑀一手摸著脖子，一手拿著曼秀雷敦藥膏。這瓶藥膏是店長拿來的。被客人鎖喉後的當天晚上，她回到家發現脖子有淺淺的衣服勒痕，沒有感到很痛很痛，是照鏡子才發現有這痕跡。

店長真的很貼心呢！

內心備感暖流的王郁瑀把這瓶藥膏，像供奉祭品似的，小心翼翼收入抽屜，等傷好後再還給店長。

一旁的李芝瑜突然用著氣音的方式說道：「郁瑀妳看。」

王郁瑀側身湊去，螢幕上顯示奇怪的網頁，大標寫著：**浮光出版社**，網頁格式類似論壇討論區，其中一欄粗體標題寫著：

浮光出版有限公司

好5.9%普35.3%差58.8%　共15則評論

其中一則匿名缺點欄位寫著：明明不限制編輯方向，其中一個面試官卻一直問我一個男生喜不喜歡BL，我知道BL市場很大，但這樣明顯針對男性刁難，真的好嗎？

王郡瑀繼續往下看——

需要花非常多的時間和〇〇陪笑，時常會有工作延誤的狀況發生。

〇〇異常情緒化。

加班沒有加班費。

薪水只有基本薪資。

必須忍受低薪且需阿諛奉承，才能夠久待。

「這是在說誰？」王郡瑀覺得好像看到不該看的，看了兩則，全部都是抱怨浮光，咦，看不出來浮光這麼爛呀？真的有像他們說得如此誇張嗎？可是自家店長脾氣好到不行！沒有情緒化，與店長說話時更不用阿諛奉承呢！

李芝瑜湊向她耳邊，低聲說道：「你看不出來嗎？這個〇〇在說林總，咱們的總經理。」

「啊？這、這這這真的嗎？」

王郡瑀來不到半年，見過總經理幾次，可是沒有機會深聊，總經理辦公室在三樓，與出版單位同一層樓。身為服務業，中午輪早晚班值勤，除了有重要文件或繳交資料需要上樓，否則很少有機會上樓。

「妳觀察久就知道了，我相信伯佑感受會非常深。」

林伯佑和李芝瑜來浮光工作的時間沒有誤差很大，李芝瑜是最早來的，目前以工作滿一年半，林伯佑則是工作滿一年。

「為什麼？」

李芝瑜談起八卦，臉上眉飛色舞，「林總愛鬧男生啊，他比較喜歡跟男員工聊天，跟女員工會保持距離。妳有看過他的臉書嗎？常常放自拍文青照，或者一些健身的照片。」

王郡瑀有同感，幾次從季會會議發現，林總講話模式非常自滿，口才極好，有一次來書店找大家隨便聊聊，聊起曾經有女CEO追求他，女CEO不斷傳自拍照給他，每當他去參加出版業活動，女CEO都會傳訊息關心，他把這件事情視為男人驕矜的面子，四處宣揚，連社長也知道這件事情。

「那妳怎麼會有這個，裡面的評論好犀利喔！出版單位那邊的都知道嗎？」王郡瑀彷彿發現新大陸，滾動滑鼠，迫不急待往下看。

「很多人都知道啊，流傳很久啦，最近有新貼文，我無意間發現。我猜主管們也知道，可是這上面沒有罵人，主管即使知道也無可奈何。」裡面爆料的人事物，李芝瑜知道幾個，先前有聽別人說，某單位總編個性鴨霸，自私，是權威式管理。

「這個是浮光的網頁嗎？」王郡瑀瞧著，網址並非浮光的官網。

「不是。我也不清楚這哪來的，之前看內部同事傳來傳去，應該是私底下有人架設的抱怨平台。」

「嗨～書店的同事，最近過得好嗎？」

一具修長高挑的身影從入口優雅地晃進來，伴隨著輕鬆歡快的嗓音。

「說人人到。」李芝瑜悄聲說道，然後立刻起身。王郡瑀見狀，也立正站好，和總經理打招呼。

「老闆。」傅忻從位置起身，點了點頭。

王郡瑀不是第一次見總經理，然而從未近距離交談過。林易丹身高一百八十八公分，比傅忻高出許多，身材瘦高。他有著一頭打理整齊的黑髮，穿著熱愛的粉紅色衣服，她不只一次看見林總穿著粉紅色上衣，竟然一點都不違和。

被員工戲稱為被出版業耽誤的模特兒。

「伯佑。」林易丹忽然正色看著他，語調刻意壓沉，「你自認為你的考評寫得好嗎？」

「呃。普普。」林伯佑謙虛地說。

林易丹意味深長看了他一眼，然後揚唇笑了起來，「你們知道嗎？這孩子居然在考評上面寫三個字，我當時看到快笑死了。」

王郡瑀非常好奇，到底是寫什麼，能讓林總哈哈大笑。由於她到職未滿半年，考核發布的時候才滿三個月，這一次不用寫考評。

「我們是什麼關係？」林易丹突然問傅忻。

「上司和屬下。」反應極快的傅忻答出中規中矩的答案。

「年紀呢？」

「長輩和晚輩。」

「這就對了。伯佑前面先寫這半年的工作，我個人認為自己的工作能力可圈可點，後來他又寫了一些工作上的心得，我有點忘記寫了什麼，總之，最後一句是加油，共勉之！」林易丹特別加強最後三個字的音節。

書店內頓時鴉雀無聲，靜得時間滴滴答答行走得聲音聽得一清二楚。一時半會兒沒有人說話，王郡瑀細細咀嚼林易丹那句話，聽起來沒有哪裡不對呀？

傅忻笑了。

李芝瑜噗哧一聲大笑出來。

王郡瑀慢半拍，看著其他人笑，也跟著一塊笑，重點是笑什麼，她不知道。

身為當事人的林伯佑安靜無聲，放空般站著不動，周圍的笑聲對他而言無關緊要。

「共勉之是偏向平輩在使用的，我們之間是平輩關係嗎？」林易丹的笑聲充滿無奈，「所以伯佑，你打算離職去當總經理嗎？」

離職？王郡瑀聽見關鍵字，耳朵豎起來，驚異地看著林伯佑，這是真的嗎？和王郡瑀同樣驚訝得還有李芝瑜。

王郡瑀轉頭看向傅忻，發現他一點也不驚訝，一臉早就知道了。原來那一天林伯佑和店長在聊離職的事情。

「如果有位置的話。」林伯佑難為情的抓了抓頭髮。

林易丹好笑地看著林伯佑，難道他聽不出來這是調侃嗎？

「找到工作了嗎？」

「呃，遊戲公司。」

「啊～說到遊戲公司。你之前在季會上說，有一款你大學自己製作的使命必達破關遊戲，打算哪時拿來給大家玩？」

「呃……不知道。」

不知道?!林易丹聽了險些暈翻。跟主管回話竟然說不知道？

「你能不能好好說話？全公司的人就只有你這樣跟我講話。」林易丹再度無奈地翻了白眼。他沒有生氣，而是感到雙方之間有年齡的代溝。

林易丹轉頭看向身為店長的傅忻，「他這樣你們可以溝通？我五十歲看不懂年輕孩子的溝通方式。」

「我們習慣了。」傅忻唇邊的笑容依然未滅，「有位前男工讀生跟他感情很好，他們兩個講話模式很流利，處得很好。」

李芝瑜笑到合不攏嘴，「他跟我們講話都很正常耶！」

「是嗎？」林易丹瞇起懷疑的雙眼。

此時，樓上辦公室一位同仁匆忙奔來書店，站在門口喊道：「老闆～樓上有緊急的文件需要您簽名。」

「我等等上去。」林易丹說道，轉頭對林伯佑講了些感性的話，「這段時間辛苦了，不論之後在哪裡，到了新公司加油，祝福啦！」

「嗯。」林伯佑簡略應聲，在場所有人紛紛將視線投注在他身上，彷彿頭頂有成群的烏鴉經過。

王郡瑀不禁替他捏了一把冷汗，幸好林總現在心情好，如果是在脾氣不好的情況下，這般應答，恐怕會被罵得滿頭包。

「……」林易丹深呼吸，一臉啼笑皆非，「好吧，大家加油。我先回辦公室了。」

離開前，林易丹想起什麼問道：「傅忻，新人找得如何？」

「還在找，目前偏好找男生，不過很多都是想做短期，感覺待不久。」

「我知道了，慢慢找，找個……」林易丹頓了頓，開玩笑地說道：「談吐正常的吧。」

李芝瑜抿了抿唇，無聲憋笑，悄悄看了一眼林伯佑。

「哈哈哈，隨便說說的，傅忻你自行決定就好。那麼，我先離開，不打擾各位。」

「老闆慢走。」

林總離開後，林伯佑輕輕籲了口氣，這一嘆引來李芝瑜的笑聲。

「老闆看到你這樣會很難過的。」

傅忻將目前規劃公布出來：「最近會開始進行客戶交接，等我把工作重新分配好，會跟大家說。」

工作分配……王郁瑀感到緊張和不安，思慮千迴百轉。

同事的離職，似乎是生活新的開始，不曉得自己分配到的工作會不會很困難？現在她有心理準備迎接新任務嗎？她連現在負責的事務做得不是很得心應手呢！

【第三章】

變態的熱情，色狼的下場

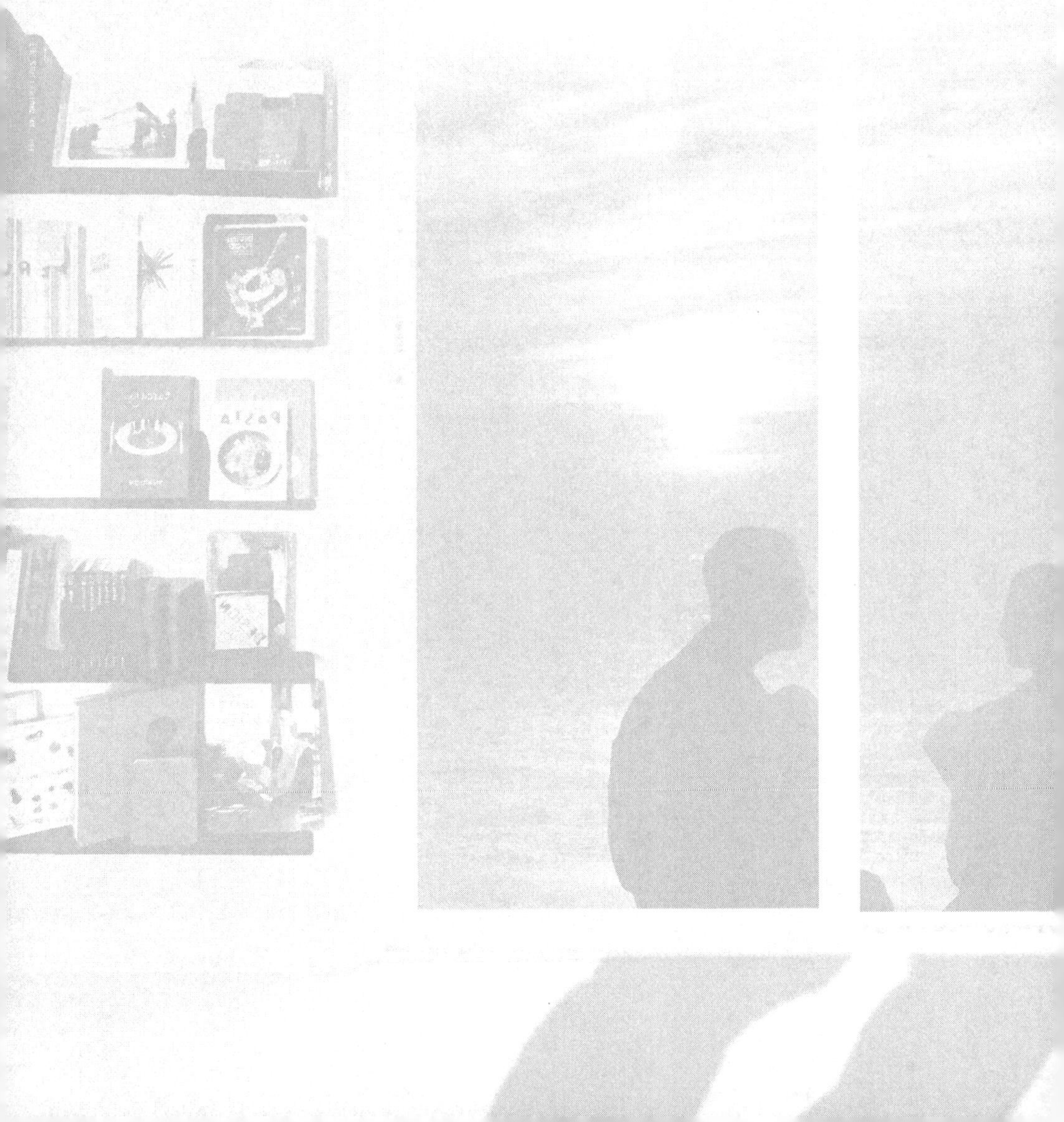

同事林伯佑於上週五離職。離開前，經理報公帳請全店的人喝飲料，作為歡送林伯佑畢業離職。

傅忻在林伯佑離職前兩週，已將新版工作交接以電子郵件方式寄出去給所有人，以兩週的時間，務必全員完成交接。

王郡瑀看見自己被分配到的新客戶，心都涼了，其中兩個客戶特別難搞，他們的要求很多，溝通起來非常複雜，林伯佑負責的時候，王郡瑀見證過，林伯佑被搞得焦頭爛額、忙碌得不可開交。

此時此刻，其中一位難搞客戶——周先生訂單來時，她感覺到澈底的焦慮，看著長長的訂書單，腦袋已然當機。

《心的記憶》50

《生命的意義》60

《佛陀的世界》40

《愛，在覺知中成長》30

……

高達三百本的數量讓王郡瑀頭昏眼花，想到接下來疲勞轟炸的流程，她的心情沉重起來。

由於這位客戶龜毛的要求，書籍需要從倉庫訂進來，親自挑選書況及包貨，包貨採用套箱的方式，中箱外面套大箱，達到箱子增厚防撞的功用，這些箱子是由書店免費提供，而不採用客戶需要自己花錢購買的海外箱。

事務繁雜，周先生的訂單無法委託倉庫同仁進行包貨處理。

From周先生：

TO王郁瑀：

這次數量多，我們合作也很久了，給個優惠吧？

五五折，妳跟主管講一下

收到殺折扣的郵件，王郁瑀完全不知道該如何應對，「店長，周先生又來殺折扣了。」

「回信拒絕他。」傅忻一臉淡定，早就習以為常，「就回他因人力及箱子成本關係，無法調降折扣。」

「好……」殺折扣的事情，林伯佑負責時期遇過幾次，大約每半年，周先生會發作一次，通常拒絕的範本如同傅忻說的那樣。

From：王郁瑀：

TO周先生：

周先生您好

有幫您跟主管申請，因人力及包貨的成本，我們包貨給您使用的套箱成本較高，再加上須花較長時間挑選非黃斑書況，目前六折已是最低的折扣，恕無法降折。

這部分請您諒解。

謝謝

From周先生：

TO王郁瑀：

給我主管的電話

我跟你們主管聊聊

當王郁瑀看見周先生的回信，瞬間無語。復述一次，傅忻沉默了一會兒，然後說：「……

沒關係，我過幾天再回覆他。」

「他好煩喔，到底要聊什麼，我們跟他沒有話聊。」李芝瑜有看到回信，雖然她不是負責人，看到這種郵件也覺得煩躁。

因為店務郵件全部人都必須寄信時副本給其他同事，以便同事休假、或在忙碌時，能及時協助處理，讓店務不中斷，保持穩定運作的速度。

王郡瑀笑不出來，很討厭跟客戶討價還價，只要面對周先生，一股無力感便會急流湧出。壓力真的好大……

真佩服店長！面對周先生依然淡定、游刃有餘。王郡瑀心想，究竟店長如何辦到？她看店長的眼神更加崇拜了，即便自己不是很會應對，店長仍願意給予意見，和接手後續處理。

什麼時候才能獨當一面呢？

正鬱鬱的同時，櫃台響起阿伯的聲音，王郡瑀趕緊回神，收拾好憂鬱的情緒。

「小姐，請問你們有這本嗎？《頸部症候群》某？」

「您好。請稍後，我先查詢店裡是否有庫存。」王郡瑀打開系統，輸入書名，然後起身，走到健康類型的書架前，尋找阿伯要的書。

有了，找到了！

王郡瑀抽起書，回到櫃台，放到阿伯面前。

「有折扣某？」

「請問有我們書店的會員嗎？有會員是七九折，沒有會員是九折。」王郡瑀公式化答覆。

「不知道欸！」阿伯操著台語腔，拍了拍櫃檯檯面，「妳查一下。」

「沒問題。」王郡瑀一邊聽著阿伯報出口的電話，在系統頁面敲入數字，最後按下Enter。

「您好，沒有查到喔。這本書只能幫你打九折。」

王郡瑀看著阿伯，等著阿伯決定是否要購買此書。沒想到阿伯下一句話讓她目瞪口呆、錯愕不已。

「我是老人欸！沒有更優惠的折扣？」

「不好意思，沒有捏。」王郡瑀強顏歡笑，禮貌地回答。

身為服務業無法選擇客人，當妳遇到的時候，依然要服務——王郡瑀現在就處於這種狀況，平常面對客戶殺折扣就算了，還要面對不依不饒的奧客。

「蛤？老人應該要有特別的優惠啊！」阿伯拔高音量。

老人有什麼優惠？老人有特別的地位嗎？老人也是人類，也是一般人啊！可以不要抬高自己莫須有的虛榮心嗎⁈幾乎有一瞬，王郡瑀臉上和氣的表情險些出現裂痕。

這個時候，傅忻宛如救火般跳了出來，走到櫃檯前說道：「抱歉，這是公司規定，這部分會查核，我們無法自由做主。」

「政府都會發老人津貼，這是優惠啊！老人應該也要有優惠！」

政府是政府，書店是書店，書店不是慈善事業，不要在這裡倚老賣老好嘛！

王郁瑀很想要咆哮大吼。她吸了一口氣，再吸了一口氣，能感覺到自己的臉很囧很囧。

傅忻拿起計算機，快速按了幾下，「九折後是四百零五元，請問有需要嗎？」

「那七九折多少？」

「三百五十六元。」傅忻不溫不火地說。

阿伯嘴裡碎碎念，「大概差五十元。」

王郁瑀善意的說明書店入會規則，「消費累積滿九百可以加入會員，加入會員後的消費是七九折計價，今天消費可以給您一張累計卡，看您是否需要。」

過了幾秒鐘後，阿伯爆氣地嚷嚷：「不買了，這麼小氣，還學人家做生意！」

傅忻沒有因為客人的酸言酸語而改變態度。「沒問題，謝謝您。」他將書拿給王郁瑀，讓她放回書架上。

阿伯離開後，李芝瑜忍不住說道，一邊說著一邊搞笑的模仿：「他就像某些仗勢欺人、愛賣弄身分的人，我爸是議員捏，你們要禮讓我三分！」

王郁瑀嘆了口氣，「最近妖魔鬼怪紛紛出沒。」

傅忻叫住她，「郁瑀，不管他怎樣威脅妳，只要妳覺得不舒服，或者感受到生命威脅，就找我，或者找警衛，搶錢的那種錢就讓他搶，但千萬不要讓自己陷入危險，知道嗎？」溫柔的叮嚀口吻讓王郁瑀心頭暖暖的。

「幸好我們還沒遇到，拜託千萬不要遇到。」李芝瑜說。

「我知道了。」

下午是一日之中最繁忙的時候，約莫三點多，倉庫的貨車會送來採補和客訂的書籍，需要每箱一一核對書名，如有錯誤當日馬上向倉庫同仁反應。

正在清點書籍的王郡瑀突然感覺臀部被輕輕劃過，她不知道是什麼東西劃過，儘管力道非常輕，仍感覺到不適。回過頭，她看見一位男客人也蹲在地上，看著書櫃最下排位置的書。

瞥了一眼，王郡瑀繼續清點書籍，大概過了幾分鐘後，明顯感覺到一個東西比剛才稍微深的力道劃過臀部。

她不知道如何形容，不像觸碰，也不像背包掃過，不喜歡這樣的肢體接觸。恰好書籍清點完畢，一一抽起幾本書，按照出版社分類，送往各處書櫃。

王郡瑀來回走動，沒有注意到那位客人沒停留在原來的位置。由於書店沒有專門清點書籍的櫃位，職員們是直接拆箱，在書櫃前直立書本直接清點。

換了一個地方，王郡瑀蹲在地上，認真清點書籍，大約幾分鐘後，清點完畢，她抬起頭，發現那位客人站在前方書櫃轉角處，靜靜地看著自己，兩人距離大概只有五十公分。

那是一種極為露骨的專注眼神，目不轉睛盯著，眼中沒有特別的情緒，就像一條毒蛇，給人陰森森的注目。

她感到不適，準備別過臉，就聽見他走過來，問道：「小姐，請問有這本書嗎？」

他的聲音非常低沉，沉得沒有半點起伏，只是一台複誦的機器人。

王郡瑀起身朝他遞來的手機看了一眼，頁面是一家網路書店的網頁，上面列示出版社的名字。

通常判斷書籍能否訂購，會從客人提供的書名判斷，以及示出的頁面是否有顯示出版社名稱，若確定能訂購，才會查詢庫存，店裡無書的話，會查詢倉庫量是否足夠可訂。然而部分書店無法看見出版社倉庫量，身為浮光的直營書店，擁有這項權利。

「這本書店沒有販售，您可以去其他家詢問看看。」

「可以訂嗎？」

「沒辦法喔，書店只能訂購浮光出版社的書籍。」

男客人沒有點頭，也沒說半句話，沉默地低頭滑手機。後來王郡瑀沒有留意他的去向，直到晚上八點打烊時，店裡剩下她一人，這才發現他還在。

這週王郡瑀是晚班，負責晚上結帳事務，為配合出版社營運時間，書店的營業時間在幾年前已修正，營業至晚上八點整。

王郡瑀和他對到眼，對方一看見自己，馬上別開臉，坐在窗邊的位置低頭看手機。

「抱歉，打擾了。我們要打烊了。」

男客人定定注視著她，沒有說話。

王郡瑀當作他已聽見，轉身忙結帳的工作。

為了趕著下班，不想被耽誤時間，王郡瑀在告知客人後，把一邊的玻璃門關閉，外面白色大門闔上，只留下半面玻璃門沒有闔上。

曾經有客人在打烊後硬闖想要買書，所以後來的打烊流程有稍微修改，最外面的白色大門會先關閉，避免被客人誤以為仍有營業。

王郡瑀熟練地操作系統，先將當日POS機器營業額打印出來，再將業績日報表、銷售發票明細印出來。

算帳的時候，她發現客人還沒離開，於是又再去催一次。

「抱歉，打擾了。我們打烊了，可能要麻煩您先出去，謝謝。」

男客人瞧了她一眼，開始移動身軀，拎起包包。王郡瑀見他終於聽話了，轉身回到櫃台，繼續做自己的事情。

快要走到櫃檯內部時，肩膀傳來一股力量，緊接著，她整個人撞上一旁的櫃子，發出砰的一聲，櫃子的橫切面在背脊留下一陣陣的痛楚。

王郡瑀疼得皺起眉頭，「喂，你做什麼?!」

男客人不發一語，動手就想解開她衣領的釦子。今天王郡瑀穿的是一件襯衫，她兩手護著衣襟，驚慌失措地掙扎，抬起腳用力地踩踏他的腳背。

他一吃痛，鬆開牽制。

從一旁抽起剪刀，緊緊握在手裡。手心裡佈滿溼答答的汗水，她全身發顫，踉蹌地奔離危險人物。

將剪刀鋒利的那面朝向男人，王郡瑀死死瞪著他，視線不敢晃到其他地方去，就怕一個不注意他撲過來。

憑著印象，她挪動雙腳，朝門口的方向移動。

這個時候，男人疾步衝過來，嚇得她手忙腳亂把剪刀亂揮，也不知道有沒有攻擊到對方，感覺剪刀淺淺刺入一個柔軟的部位，砰咚一聲，有物品掉落在地上，然後手腕一麻，剪刀落地。

王郡瑀跌倒在地，一抬眼，男人目光熱切地看著她，彷彿想把人生吞活剝。雙腳發軟，她嘗試爬起，試了幾次沒有成功，只好不停往後退。

手心突然摸到一個堅硬的物體，從地上拿起來，赫然是隻手機，是眼前這位男人的手機。手機螢幕光源沒有暗下，螢幕中的影片是一張陌生女性被偷拍的照片。

王郡瑀倒抽一口氣，這根本是偷拍之狼！

他伸出手抓住她的臂膀，兇悍的力道讓人渾身發抖。王郡瑀拳頭揮舞著，嬌小的身子無法撼動壯碩的身軀，落在他身上的力道就像貓撓一樣。

「放開我！救……」聲音未得及喊出口，嘴巴被大手摀住。

驚恐的眼淚滑出眼眶，男人的眼神直勾勾端詳著她全身上下每一處，一手緊緊掐住她的雙手，然後拾起地上的手機，滑開照相機功能，對著她按下拍照鍵。

男人對著她咧唇笑了一下，笑容透出神經質的癲狂。

突然間，手機被人奪了去，下一秒，男人側臉札札實實挨了一記拳頭，緊接著腹部被狠狠揍了許多下，書店內充斥著男人哀號的叫聲。

落雨般的拳頭招招如閃電般俐落，揍到男人躺在地上任人宰割。

完全是把人往死裡毆打。

王郡瑀驚魂未定地看著眼前景象，一開始沒看清楚是誰正在料理這位變態，直到顯眼的白金色頭髮映入眼簾，居然是已經下班的店長！

此時此刻，那雙澄澈的琥珀色眼睛流露出強烈的凶狠，下手的招式彷彿經過受訓，並不是盲目地毆打，而是非常有技巧性的打在某些穴位上，讓人又痲又痛，渾身無力。

傅忻扭轉男人的手腕，淒厲的尖叫聲從男人嘴裡溢出，聽在王郡瑀的耳裡感到刺耳又不舒服，膽戰心驚。

一定很痛……可是店長大人打太得好了！這種變態就是欠打欠罵欠關。

只怕教訓過頭，萬一把人打死，店長會不會背上傷害罪？想到店長人那麼好，王郡瑀不願意看見店長被警察列上罪名。

「店、店店長，我覺得可以了……把人打死的話事情就鬧大了。」王郡瑀試圖勸解，但發現傅忻的臉色陰沉得很，冰霜的目光宛如看待一個罪大惡極的人。

傅忻咒罵了一聲髒話，雖然聲音不大，但王郡瑀聽得一清二楚。

是聽錯了嗎？溫柔爾雅的店長罵髒話？她驚異地瞪大眼睛，滿臉不敢置信。

揮動的拳頭終於停下來，傅忻的呼吸平穩，沒有因為劇烈動作而喘息，身姿直挺挺的站著。

拿起一旁的電話，他按了幾下按鍵，「警衛室，二樓有變態騷擾店員，麻煩盡快過來。」語畢，他改撥警察局電話，報上地址和現在情況。

男人嘗試起身想往外跑，傅忻見狀，立刻掐住他的脖子，壓制在地上。

「再亂動絕對要你好看！」傅忻恫嚇道，冷戾的模樣霸氣十足，令人不敢忽視。

「店長，你怎麼會折回來？」說話的同時，為了不讓自己太難堪，王郡瑀用袖子抹了抹臉，眼淚早已乾掉，只剩下印漬。

「回來拿雨傘，外面下毛毛雨。」窗簾拉著，王郡瑀看不見室外的景色。這麼說，若沒有這場雨，她不知道變態會對自己做出什麼事情。

想至此，她心有餘悸地鬆口氣。

「傅先生。」沒過幾分鐘，一樓警衛持著繩子趕來。

「這位變態騷擾書店的店員。」傅忻冷靜地解釋事情的發生經過，「我等會馬上調閱監視器，現在他交給你們處理，等等警察會來。」

警衛拿著繩子將男人的雙手和雙腳捆綁起來。

傅忻低頭俯視仍坐在地上的王郡瑀，伸出手握住她的，輕鬆將她拉起來。

「他有沒有對妳怎樣？有沒有哪裡痛？」

王郡瑀揉著肩膀和手腕，肌膚紅通通的，印上一圈手印。

「他有使用暴力。」儘管王郜瑀沒有明講，可動作非常明顯，傅忻替她總結。

王郜瑀依然處於一種驚魂未定的狀態，畢竟稍早單打獨鬥一位壯漢，總覺得傅忻的到來是場夢境，會不會醒來後，她仍獨自面對殘酷的現實。

傅忻從桌上拿起她的保溫瓶，貼心打開瓶蓋。

王郜瑀口乾舌燥灌了好幾口水，潤過喉嚨後，她說：「他還有偷拍我，我不知道有沒有拍到。」

「他的手機給我。」傅忻朝她伸出手。王郜瑀愣了幾秒，才意識到是要她協助幫忙。

王郜瑀拾起手機遞給傅忻。

傅忻輕點螢幕，伸出一腳，粗魯地踹了男人的尾椎。

「喂，密碼多少?!」

難道又眼花了嗎？王郜瑀目光發直，怔怔看著傅忻的行為，這是他真性情的一面嗎？

男人緊咬牙關，嘴巴閉得跟蚌殼一樣，使傅忻毫不留情一腳踩在他脆弱的部位，痛得他面色鐵青。

「啊！我、我說！」男人報出一串數字。

傅忻輸入密碼，點開照片APP，裡面全部都是偷拍許多陌生女性臀部、胸部、裙底風光等不雅照片。仔細翻了下，確定沒有王郜瑀的照片。

此時的傅忻看起來很兇，琥珀色瞳孔泛出清冷的光輝。王郜瑀百般猶豫，最終決定還是要把這件事情說出來，於是怯怯地舉起手。

「店、店長……」

「嗯？」他的聲音低低的，帶著一絲不冷不熱。

王郡瑪囁聲，傅忻似乎在思考，她是不是打擾到他了？

「怎麼了？」傅忻又問了一次，這一次語調緩和些許，有著一絲溫度。

靠著這一絲溫度，和眉間柔和幾分的線條，王郡瑪鼓起勇氣說道：「店長，他應該有摸我的屁股……」

原本盯著手機的目光緩緩抬起來，傅忻看著她好一會兒，想了幾秒鐘，揪出古怪的語病。

「應該？」

傅忻不是質疑她，而是這個詞聽起來就是不確定。有沒有被碰觸自己會不知道嗎？想到這，他眸色冷了幾分，彷彿有一團烏雲盤旋在頭頂，黑壓壓的氛圍讓人直打哆嗦。

傻，他的員工居然這麼後知後覺，一點危機意識都沒有？身為女生，能不能機靈一點？

這句話他沒有說出口，只覺得一股憤慨的怒氣囤在胸腔中。

王郡瑪臉漲紅，心中感到難堪，她是鼓起勇氣說出口被騷擾，可是那麼多雙眼睛盯著自己，他居然質疑自己，這讓她如何自處？

傅忻盡量讓自己臉部線條沒那麼緊繃，不過臉色仍不大好看。發現警衛正看著，他瞅著她困窘的臉蛋，走過去微微彎下身，將耳朵湊到她旁邊。

「妳說，我聽。」

「因為輕輕劃過，又不像摸，但很明顯有感覺到觸感。」王郁瑀悄聲地說，「不只一次，是兩次。」

聽到這兒，囤積在胸腔的怒氣終於爆發出來。他深呼吸，吐出一句鋒利的話語。

「妳能不能長點腦子？」

「……」店店店長這是在罵她？而且還罵得這麼犀利毒舌，對她做人身攻擊，這是人身攻擊吧？意思是說她沒長腦子！

她真的沒有長腦子嗎？這只不過是實話實說……

王郁瑀露出困惑、徬徨的表情。

傅忻意識到自己的話太嚴厲，神色緩和些許，把不悅的情緒丟到變態身上。

「怎麼？偷拍還不夠，還想摸別人？手賤。」說話間，傅忻神色不耐煩，抬起腳，狠狠踩踏變態的手背。

「是這裡有人報警嗎？」門口傳來警察的聲音，警衛上前與兩位警察溝通，並把犯人做上銬動作。

傅忻拿出手機，認真翻找證據畫面，一面和王郁瑀確認大約是幾點幾分發生。

店裡的監視器畫面，除了店內的攝影機螢幕可以看，店長的手機也可以看見監視器的畫面。

一名警察先帶著犯人返回警局，另一名則留下來做筆錄，了解事情經過。

傅忻對警衛說道：「以後只要看到這個人，一律不准讓他上樓。」

傅忻將監視器證據畫面提供給警察，王郡瑀除了交代事情發生經過，其餘溝通和後續處理，都由傅忻和警衛負責。

坐在一旁平復情緒的王郡瑀，靜靜看著傅忻的側臉發呆，談話中的他眼神專注且堅定，沒有任何事情難得倒他，令人無比心安。

幸虧有店長在，否則她獨自面對警察，一定會手忙腳亂、語無倫次。

一小時後，已超過晚上九點。警察離開後，傅忻和警衛人在店外聊了幾分鐘，王郡瑀將幾張椅子推回原位放置，突然想到晚班結帳尚未完成。

當傅忻結束談話，走進來的時候，王郡瑀正在低頭按計算機算帳，人還沒走，更沒收拾包包。

「妳在做什麼？」聲音出口，眼前的人嚇了一跳。

「結、結帳，算到一半……」王郡瑀不知道為什麼，一抬頭看見傅忻冷冷的表情，小心肝會抖一下。

咦？他的表情是不是又要罵人了……

傅忻睞了她一眼，不曉得她是不是因為晚上的事情驚嚇過度，所以人變得有點畏畏縮縮，和以往活力充沛的樣子不太一樣。

傅忻沒有說話，王郡瑀怯生生地說：「那我繼續了……」

轉過身，王郡瑀俯首專注在收入證明單上，這是晚班必須做的報表，算帳的同時，傅忻人還站在她後面，因此能感覺到一道炙熱的目光盯住自己，那不是盯著戀人的感受，而是芒刺在背的感受。

「郡瑀。」傅忻忽然喊她的名字，緊接著，王郡瑀看見他的胳膊出現在右側，手掌心壓住桌面，處於非常近的距離靠在她後面。

「妳忘了寫董客戶的發票，所以帳才會對不起來，還有，今天有一筆預收款，要扣掉。」王郡瑀思緒恍惚，心臟莫名撲通撲通地跳，隨即緊張地吞了口水，手足無措地在收入證明單打上一連串數字。

「啊，這樣……」

「錯了。」他向前傾身，從單一手撐著桌面，改為兩隻手放在鍵盤上，並順手握住她的手拉開，「預收款要放信用卡欄位。」

傅忻說完後，靜靜等待回應，然而低頭一看，她正眼神呆滯，雙頰隱隱泛出少許的淡紅。

「有聽到我說的話嗎？發呆呢！」他彎起食指，輕輕地在額頭敲了一下。

「啊！」王郡瑀突然大叫，這力道明明不痛，甚至沒有感覺。叫的原因是因為她以為他要打人。

為什麼總覺得，敲額頭的行為似乎有點曖昧……？又是她想多了嗎？可是好端端的，突然敲額頭很奇怪捏！她和他的關係沒有熟到像這樣互相打鬧。

在這個瞬間，他身上飄來的淡香更明顯了。

王郡瑀意識到，心跳脫序了，如擂鼓般震動的心跳清晰地敲響在耳畔，這不是傅忻的心跳聲，而是她自己的。

錯覺嗎？這一定是錯覺，居然感到心悸！

傅忻以為她會痛，連忙道歉：「……抱歉，太順手了。」說完後，他的眼睛飄向別處，腦海裡思緒紛飛，非常詫異自己怎會做出這樣的舉動。

唔，太過親暱了。他只是覺得她看起來呆呆的，突然想捉弄一下。

當初面試時，第一眼認為王郡瑀長得如乖乖牌的模樣，捲捲的蜜橙頭髮蓬鬆如貓毛，未施半點妝的乾淨肌膚，尤其當她自信地握起拳頭，好似有股光輝由內而外散發出來，那淺淺的梨渦，像太陽一樣溫暖，擁有落日餘暉的溫柔。

他不太喜歡面試，但身為店長逃不掉這項責任。原本以為剛畢業的學生講話沒有重點、不知所云，甚至沒有半點工作目標、奮鬥的精神，不知道自己要的是什麼，純粹為了錢而工作。

他不否認任何人都是為了錢工作，沒有錢哪來的生活，就連他自己也是。只不過他看重的是，有沒有對自己份內的事務有未來目標。

這很重要。

一個人沒有目標，是行屍走肉的活著。

所以他很少錄用剛畢業的學生，以及頻繁換工作的應徵者。

於是當他看見王郡瑀活力充沛的應對，雖然看得出來非常緊張，談吐不是很流利，但眼中認真的光輝是無法忽視的。

他是被她的眼神所吸引，當下馬上決定錄用她這位剛畢業的應徵者。

「店長……」王郡瑀出聲拉回他神遊的思緒。

「嗯？」

「為什麼？」

這會兒換傅忻愣住，以為她是詢問他為什麼道歉，「我以為妳會痛。」

「我也以為會痛……」聲音小得細如蚊蚋，王郡瑀喃喃自語。

傅忻微微擰起眉毛，沒聽清楚她在說什麼。

重點不是額頭痛不痛啦，她差點忘了正事，「為什麼預收款要放信用卡欄位？」

「因為要算實收現金，這是信用卡，是看不到的錢。」

「啊啊，我知道了。」

王郡瑀在算帳的同時，傅忻再度回憶起往事。

有些話藏在心裡很久了。

其實平常工作的時候，他有意無意會觀察王郡瑀，尤其當她和自己說話的時候，她的眼神是晶亮有神，迷人且魅力，然而與她不小心四目相接的時候，好像只要看見她，悶塞的情緒會一掃而空，有一次他與某位難纏的客戶講完電話，心情正煩著，不喜歡有人來打擾，剛好王郡瑪有店務上的疑問，跑來詢問。

澄澈明亮的瞳孔與她的溫暖髮色一樣的暖和。內心深處隱隱有股未知的情緒翻湧，如此一來，他反而不敢直視。

「店長，我算好了。今日的帳務沒有問題。」

傅忻回過神的時候，王郡瑪已將零用金和報表放進保險箱裡面，這個時候已經晚上十點。

「那好，下班。」傅忻是臨時折返來拿雨傘，東西早已收拾妥當，現在就等王郡瑪把包包收拾好，就可以鎖門離開。

看著王郡瑪忙碌的背影，傅忻問道：「妳要去搭捷運嗎？」

「嗯嗯是的。」

搭捷運……傅忻想了想，決定道：「我今天開車，送妳回家。」

聞言，王郡瑪睜大雙眼，一臉驚異，這怎好意思讓店長開車，雖然有點心動啦，但怎麼說都有點怪，還有點害羞。

基於這些無法出口的理由，王郡瑪搖頭拒絕，「不用啦，時間滿晚了，店長您還是早點回家休息。」

「時間晚了才更不能讓妳一個人回家，妳忘了今天晚上的事情嗎？」

她都嚇壞了，傅忻還清晰記得自己把門推開時，她倒在地上被變態狠狠壓制、動彈不得，滿是眼淚和恐懼，剎那間，心都涼了，對於她有著緊張和疼惜，對於歹徒有著滔天的怒火。

幸好人平安無恙。

未得及想更多，傅忻理所當然把這個念頭當作身為他底下的員工，擔心、照顧、留意。

所以晚上不能放任她獨自一人。

「怎麼忘得掉……」店長這是傷口上灑鹽嗎？王郡瑀心想，這種慘痛的經驗，不曉得要過多久才能全部忘記。

傅忻察覺自己的言語不慎妥當，嘆了口氣，「唉，我的意思是說，我不放心妳一個人。」

怎麼好像越描越黑了？王郡瑀先是愣了一下，後細細咀嚼這句話的涵義，如果是對女朋友說的話，身為他的女朋友一定感到很幸福，但若是對員工說的話，也有幾分道理，主管擔心員工是很正常的事情。

「走吧，與其在這邊講話，不如趕快開車回家，妳說是嗎？」

傅忻經過她身邊時，順手撈走包包，完全不給她機會拒絕。既然包在手，不怕她不跟上來。

「門給妳鎖。」

「好的。」王郡瑀拎著鑰匙，先在玻璃門上鎖，然後拿著員工證在機器上刷一下，再稍微推動玻璃門，確定上鎖後，最後關上白色大門。

只要持員工證都能自由進出書店，為了防止書店打烊後，仍有出版社員工購書，擅自進出，玻璃門需要上鎖。

「店長，包包我自己拿就好。」走進電梯，王郡瑀伸手試著拿回自己的包包。

傅忻沒有理會她，而是看了一眼電梯數字，直到抵達地下一樓，才把包包交給她，人都來到地下一樓，沒有理由再折返。

車子停靠在電梯口附近的停車格，王郡瑀畏畏縮縮跟在後面，雙腳宛如被綁上鐵球，移動得有點艱難。

因為她正在猶豫，不斷地質疑自己，真的要上車嗎？現在反悔還來得及！店長要載她回家耶！怎麼辦？總覺得很不好意思，而且兩個人待在一輛車內，她坐在副駕，與他靠得很近。

這個時候，她看見他回頭看了一眼，臉上沒有半點表情，雙眉的眉頭甚至蹙起微小的弧度。

店長大人現在處於一種不好惹的狀態，在她眼裡成為「不耐煩」的一種經典表情。王郡瑀瞬間皮繃緊，大步流星朝轎車方向跑過去。

實際上，傅忻只是倦了，眼睛的乾澀使他不太舒服皺起眉毛。見她狂奔而來，笑聲沒控制好溢出口。

「我不會跑掉。」

「……」啊啊啊！好丟臉，店長誤會大了啦！她才不是為了要上他的車，而是怕他生氣。

轎車內，王郡瑀全身僵硬地坐在副駕，眼睛不敢亂瞄、手不敢亂摸，並不是車內不乾淨，而是人顯得侷促不自在，相反的，車子非常乾淨，還有一股淡淡的香氣。

「包包可以放後座，這樣比較舒適。」

見她沒有動作，傅忻瞥了一眼，看著她兩手放在大腿，背脊直挺挺貼著椅背，目不觀四方，正襟危坐的模樣令人失笑。

他索性順手將她的包拎起，拋到後座。

「我的車這麼不好坐嗎？」

「咦？」王郡瑀發出一聲驚嘆，「才不是咧，很舒服，超超超級舒服！」

「妳用很多誇飾詞形容我的車，真是我的榮幸。」傅忻笑著，車內洋溢爽朗的笑聲。

唉！王郡瑀摀住臉，臉朝窗戶，她怎麼說些讓人想笑的話。

笑聲過後，是很長一段時間的安靜。窗外是王郡瑀熟悉的景色，這是通往她家的路上，轉頭覷見他疲倦地打了哈欠。

「店長，真是不好意思，讓你送我回家。」

「不用不好意思，照顧員工是應該的。」他的眼睛凝視前方。

「郡瑀。」傅忻突然喊她的名字，「我告訴妳。客人還沒離開店裡，就算裡面還有一人，也不可以先鎖門。妳知道為什麼嗎？」

「我不知道，店長，請說。」

這一點，他在前三個月員工訓練時沒有向她說明。店長不負責上晚班，一律早班，李芝瑜也有遇過類似事情，打烊時客人仍在書店內，但都是口頭告知後，客人會自動離開，從未發生過今日之事。

是他疏忽了。

車子緩緩停下，停靠在一棟老舊公寓前。王郡瑀發現已到自家住處，沒有下車的動作，而是繼續待在車內，等傅忻開口。

停好車後，他將排檔桿拉到P檔，說道：「因為很危險，門一關上，妳跟客人是處在密閉的空間，萬一發生事情，妳沒辦法及時求救。」一手放在車窗上，一手握著方向盤，如此自然的姿勢，增添不少帥氣的氛圍。

儘管這一幕讓王郡瑀心頭彷彿有柳絮掃過，帶來一陣絲絲癢癢的意味，但一聽見傅忻是以店長的身分叮嚀，她便不敢露出不正經的表情。

「晚上七點後，二樓沒有其他出版社人員。他們都在三樓以上工作。」至今事發幾小時後，傅忻仍無法想像當時自己不在的狀況，會變得如何？

「這一點妳要謹記在心。」

不容忽略的肅穆口吻令她心頭一緊。王郡瑀重重點了一下頭，眼神堅定如磐石。

「是！我知道了。」

傅忻打量她明亮的眼睛，以及嘴角露出的微笑，現在的她恢復神采奕奕的樣子，是他感到欣慰的模樣。

「店長，那我先下車了。」王郡瑀側身從後座拿起包包，剛轉身，沒有料到與他的距離猝不及防的貼近。

此刻白色的街燈穿過他的肩膀灑進車內，琥珀色的眼眸裡流動星耀的光輝，王郡瑀怔忡，不禁失神。

彼此對視不過幾秒，或許比想像中的短。先採取行動的是傅忻，他若無其事地抽起放在排檔桿附近的充電線，身子先往後退了一步，王郡瑀泰然自若的抱著包包，騰出一手快速地解開安全帶。

推開車門，王郡瑀近乎以逃難的速度跨出車，同時又怕自己的行為不自然，慢慢地關上車門。

啊，要說再見，人家花時間送妳回來，一定要道謝啊！想起有這一回事的王郡瑀彎下身，正準備向傅忻說話時，聽見他先開口。

「晚安，明天見。」低沉如春風的溫柔嗓音在狹小的車內渲染開來。

那瞬間，王郡瑀心中平穩的秤好像朝著無法預料的地方傾斜，失序的心跳再次熟悉地主宰全身上下每一處。

【第四章】

藝術系店長，黑道系店長

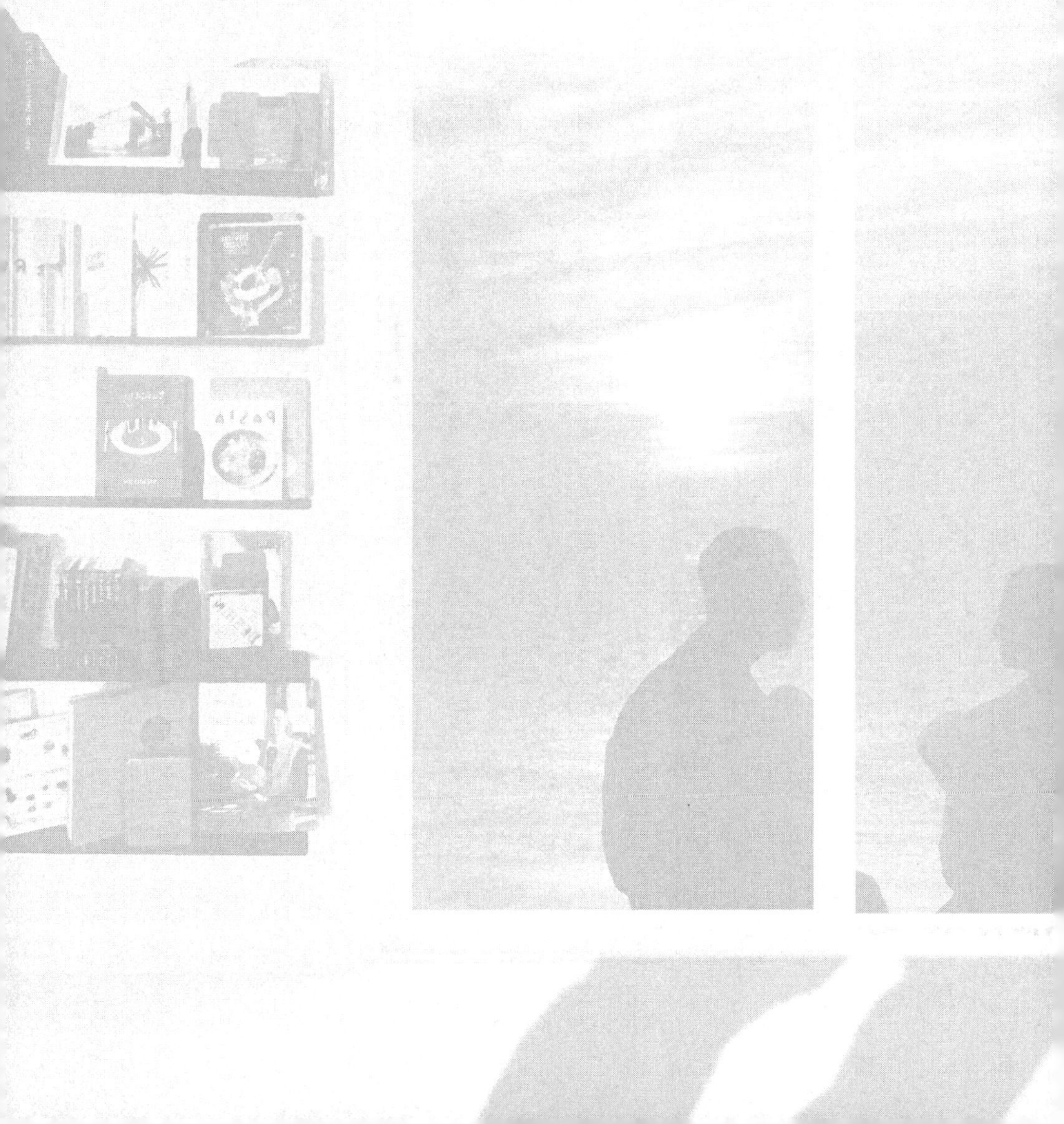

王郡瑀不知道自己那天晚上如何睡覺、如何上樓。她猜想，應該是飄上樓的吧？閉上眼睡前，仍想著下車時，他的眼神多麼溫柔，讓她有一種被男友送回家，產生的安心感及雀躍的情緒。

溫柔貼心的男生總是不會讓女生失望，王郡瑀承認自己欣賞這樣類型的男生，不過再怎樣被店長貼心呵護，她也萬萬不敢把店長當作追求的對象。

她很清楚店長送自己回家是基於同事間的照顧，也很清楚倒追店長絕對不是明智之舉，工作圈範圍侷限於出版社及書店，如果一不小心就變成辦公室戀情，被同事說閒話就不好了。

再者，店長那麼帥，肯定有很多女生倒追和欣賞。

經過幾天，王郡瑀心動的情緒已經冷靜下來。性騷擾事件店長向上通報給總經理，總經理特來關心詢問，公司的人力資源網也發布請同仁盡量不要加班，多多鼓勵正常上下班。

隨著雙十一節慶到來，很多電商祭出優惠折扣和免運活動，客戶們摩拳擦掌，王郡瑀忙碌之餘，淡忘被騷擾的事情，沉澱過後，留在心裡的是牢牢穩固的慘痛記憶，讓她以後不敢在客人尚未離店前，把門關上。

「快遞，簽收一下！」

聽見門口傳來聲音，王郡瑀從電腦螢幕抬起頭，看著包裹上面的名字，回道：「這不是我們的。」

快遞司機跺著腳，一臉不耐，「地址寫二樓啊。」

「二到五樓都是浮光，但我們這裡沒有這個人。」王郡瑀把包裹推回去給司機。

「那也是你們浮光的，簽一下。」司機將筆強行推到王郡瑀面前。

「您要請她本人簽名，這裡是書店，不是行政櫃檯。」這句話說到快爛掉了。

從王郡瑀入職起，書店時常被出版社員工當作是行政櫃台，明明三樓有專門的櫃檯，她不知道為什麼司機老愛往二樓送，包裹寫三樓，偏要送到二樓。

有些員工很奇怪，網購東西不寫姓名、不寫電話、不寫分機，不然就是寫英文名，還不是護照上面的英文名，體諒司機送貨辛苦，偶爾書店遇到送貨司機，會幫忙查詢分機表，告訴司機收件人在哪一樓。

書店不幫忙代收包裹、轉交事務是因為怕出差錯，萬一轉交的東西有問題，或者是遺漏，吃虧的是書店。

「還有這樣喔。我趕時間欸，我還有很多貨要送。」司機擺明想要王郡瑀簽名。

傅忻看不下去，從位置起身，走到櫃檯，斬釘截鐵地道：「要麻煩您送去三樓櫃檯。」

「搞什麼啊?!」司機撇撇嘴，拎起包裹，腳步重重踩了幾下，忿忿地離開。

莫名被撒氣的王郡瑀嘆了口氣。

「這個司機態度好差。」李芝瑜說。

「可能送貨送到累了，難免。」傅忻沒有因為司機的態度而生氣，「不需要理會。」

快遞司機離開沒多久，又來一個貨運司機，一進門便喊名字，然後將原子筆和一箱貨放到櫃檯。

「包裹，葉采樺！」

「這裡沒有這個人。」相同的話，王郡瑀再說一次，就像吃飯那般簡單。

「可是上面寫浮光啊！這裡是浮光吧？」

王郡瑀仔細一看，地址確實有寫浮光出版社，不過沒有註明樓層。於是她點開電腦的分機表，搜尋葉采樺，「您要送去三樓，她在三樓。」

「啊？不是這裡嗎？」

「這裡是書店，不是櫃台，無法幫忙代收。」書店櫃台除了賣書，沒有兼差收包裹的服務！

「我剛打她電話沒人接欸！妳幫忙打打看。」

王郡瑀按下分機號碼，等了許久都沒人接。「打她分機也沒人接。」

「那怎麼辦?!你們可以幫忙收嗎？」

這句話聽了不少遍，回覆的罐頭文始終沒變。

「您可以送到三樓，三樓有櫃檯可以簽收。」

「這麼麻煩！」

來訪的客人若要找出版社員工，也是特別的奇怪。王郡瑀曾經遇過，一位女客人將雞湯轉交給出版社總編，兩人明明是朋友，為什麼女客人偏不要聯繫總編，偏要請書店幫忙轉交？

來書店使用員工折扣買書的客人更奇葩，直接跑來書店說要使用×××的員工編號購書，要書店趕快聯繫×××，還有沒告知員工，就擅自使用員工編號購書的客人。

自己不會聯繫嗎？你們之間是有多不熟？

最好笑的是，客人跑來書店購書，大放厥詞說：我認識你們社長，他都讓我買員工價。

前提是，誰知道你們是否真的認識？所以不會給這位裝熟的客人員工價，如果需要員工價，祕書自然會先來電請書店保留書籍，並給上員編。

總之，書店是各方的傳聲筒。

送貨司機離開後，傅忻朝她招了招手，「郁瑀，過來一下。」

店長的表情為什麼如此嚴肅……？王郁瑀忐忑不安地走過去，雙手交疊在身前，靜靜等待傅忻開口。

「前天中午發生什麼事情？」

前天中午？王郁瑀摸著下巴思索，想起一件不愉快的事情。

書店中午持續營業，會派晚班一人留守，早班同事午休後，換晚班午休用餐。那天中午同事們外出吃中餐，店內留守的是王郁瑀。

「有個客人來買書，一直問我跟書本內容有關的問題。我不可能都知道每本書的內容，所以我的表情不太好，他問了將近一小時，我手邊的事務都被他耽擱。」

「他問什麼問題？而妳如何回答？」

「他問：『這本書後面的報名網址要如何進去？這就是報名網址嗎？進去後是什麼畫面，

我應該如何報名？』我回覆他：『這是報名網址，您可以上網搜尋。』」

「他說：『妳知道嗎？我小時候沒錢讀書，都是存很久錢買書，我學歷不好，所以才問妳，這是你們家出版的，還是我到三樓出版社詢問？』」

王郡瑀說到這邊，她看見傅忻嘴角動了一下，然後憋笑般抿住。什麼客人都有，千奇百怪，竟然跟書店職員扯有的沒的。

「我說：『出版社不開放非員工進入。』」

「他說：『那還是妳現在幫我查一下，我要報名，直接幫我報名。』」王郡瑀小聲地嘀咕：「什麼嘛，他當我是他家的奴才嗎？」

傅忻濃濃的眉毛緊緊糾結在一起，繼續聆聽她娓娓道來：

「我說：『我現在在工作，無法處理這部分的事情，這要麻煩您自行上網搜尋。』」王郡瑀一邊打量傅忻的臉色，一邊緩緩道出，「後來他又跟我重覆他學歷不好，沒有讀書等等。」

這簡直是無限循環！饒了她吧！她要腦力衰退了！

話語畢，王郡瑀輕聲詢問，「店長，請問發生什麼事情？」

店長會突然大張旗鼓詢問一定有原因。該不會……客人檢舉，希望不是她想得那樣。

「妳被投訴臭臉、不願意幫忙客人解決問題。」傅忻移動電腦螢幕，將畫面釋出給她看。畫面中，是一封郵件，寄件人是客服人員，收件人是店長。

「我、我被投訴了？」怎麼會……王郡瑀晴天霹靂、臉色發白。那天她只是臉部表情僵硬了點，畢竟被疲勞轟炸問這麼多，只覺得腦細胞死很多。

「對。」傅忻面色冷凝，雙手環著胸口。

店長生氣了！王郡瑀可以明顯感受到。他的嘴角拉成一直線，眉頭摺起一道弧度，琥珀色眼中流露出陰沉沉的情緒，環住胸口的手指敲打著臂膀。

當機立斷，王郡瑀沒膽怠慢，立刻道歉：「對、對對對不起。我沒有做好，因為實在是被盧到表情無法控制！不是，我的意思是說，我沒有要找藉口，是我不該這麼沒耐性，應該要好好跟客人溝通！」

傅忻神情複雜地瞅了她一眼，「郡瑀。」喊著她名字的嗓音有著一絲無奈。

「店長，對不起，讓你失望了。」擰著手指頭的王郡瑀乖乖垂著頭，做好準備被店長罵爆，他罵人一定像那天教訓變態的時候一樣，氣勢兇悍。

「我跟妳說！」

當傅忻說這話的時候，王郡瑀緊張地閉上眼，一張臉成了苦瓜狀，這下子成為受死的模樣，大氣不敢喘一下。

「……王郡瑀，看著我。」傅忻嘆了口氣，「我沒有要罵妳。」

「真的嗎？可是店長你……」幹嘛這麼嚴肅！自從見過傅忻K爆變態，只要看見傅忻皺眉、抿嘴等細微臉部動作，她會以為暴風雨要來了。

「既然有人客訴，就要好好處理，否則會對公司風評造成影響。」這是目前他苦惱的地方，他需要時間思考，要如何處理這封郵件，若處理不慎，投訴事件會往上呈報，事情若變得嚴重，王郡瑀會被主管約談。

「對不起，給您添麻煩。」

「傻了嗎？」他的語氣突然兇巴巴的，「不用說對不起。」

果然果然果然果然，店長明明就生氣了嘛！以前店長不會用這種語氣說話的，難道K完變態後，性格轉變？

王郡瑀坐在樓梯間，雙手托著腮幫子。

她不知道怎麼辦，第一次在工作上被投訴，會不會影響店長對她工作能力的看法？儘管店長認為她應對可行，可是她總覺得自己一直在生事端。

好沮喪喔！對於這份工作，她很喜歡，是畢業步入社會後的第一份工作，很想努力做好。

「郡瑀，妳在這裡做什麼？」身後傳來傅忻溫和的嗓音。

王郡瑀嚇了一跳，轉頭看向站在樓梯上方的高大身軀。他雙手插著口袋，頭微微側向一邊，好整以暇地看著她。

「偷懶？」

「沒、沒沒沒有！」王郡瑀連忙澄清，「店長，我先回去工作！我沒有要偷懶啦！」說著，她起身，慌慌張張朝樓上三步併作兩步往上爬，趕緊回到二樓。

經過傅忻身邊的時候，她的胳膊被輕輕拉住。

王郡瑀站著不動，視線悄悄往下移動，看著拉住自己的手掌，再抬頭看著離自己很近很近的傅忻，卻發現他正凝視著自己，琥珀色眼底映出雙頰浮現淡紅的臉龐。

「我不會認為妳在偷懶。」經過幾個月的觀察，王郡瑀是個很認真的女孩，她對工作有熱誠，總是沒讓自己閒下來過，沒事做會整理書櫃，偶爾翻翻書籍。

能讓她坐在這裡發呆，肯定是有讓她煩惱的事情，讓她不得不窩在很少有人經過的地點。

腦海裡其實有個念頭浮現，傅忻嘴唇動了動，「該不會在想上午的事情？」語氣透露出約有百分之二十的不確定性，其餘的百分之八十確信是因為她說了很多次對不起，明明白白臉上寫著：我很在意。

王郡瑀的沉默證實傅忻的猜測。

「郡瑀，沒事的。」當他說著沒事這兩個詞時，她感覺到被暖暖的蒸氣包圍，順著暖洋滑進心尖，好似所有的委屈全部都沒了。

「我認為妳應對客人很好，是我我也會回答：『我現在在工作，無法處理這部分的事情，這要麻煩您自行上網搜尋。』這種事情本來就要請客人自行處理。」

他的眼神專注到，被他這樣看著，怪不好意思。王郡瑀靦腆地抓了抓頭髮，「謝謝店長安慰我。」

傅忻依然沒有鬆開手，不曉得是忘記還是暫時不讓她離開，「那妳為什麼還悶悶不樂？」

「我沒有悶悶不樂。」嘴上如此說，表情卻黯淡。

要誠實坦白從寬讓她有點難為情，若不是他還抓著自己不放，她真的想尿遁離開。

「騙子！」傅忻哼了幾聲，斜睨的眼神透出一股威脅的意味。看著他舉起手，手心向額頭靠近，一副要打人的模樣，她二話不多說，情急之下說道：「事情沒做好，我感到很沮喪！」

「原來是這樣。」他以為被誰欺負了！傅忻沒有意識到自己自然而然鬆了口氣，慶幸只是單純的工作上心情沒有調適成功，而不是遇到變態，如果又是跟上次變態的事情一樣，他想，他會非常火大。

什麼原來是這樣！這很嚴重好不好！被投訴除了難過也很生氣，明明就是那位客人有問題，還理直氣壯投訴自己。當時，她被問到快瘋掉，電話也無法接，然後她拼命跟客人解釋，自己真的不清楚，沒有擅自裝自己很熟，這次誠實坦白，可是客人依舊持續拋問題。

「妳資歷尚淺，很多事情沒有了解透徹，多練習幾次就好。這沒什麼，投訴信公司收過很多次了，倉庫出貨品質不好、出版社規劃的出版書太醜、編輯散漫不認真，導致內文時常出現錯字、總編輯跟外面公司舉辦活動，把拍攝器材弄壞，不負責任，導致被對方發新聞稿痛批，很多很多。」傅忻一一舉例，他說的這些只有主管才會知道很詳細的內幕。

王郡瑀聽得目瞪口呆，印象中，她投履歷到浮光，是基於浮光很少有負面新聞，再加上是一間經營有聲有色的出版社。

「投訴是一定會有的，但重點是要如何處理，這是妳要面對的課題。」傅忻語重心長說著，「我們只要記得一件事情就好，認真盡責、負責任地完成每一件事情，不愧對自己即可。」

他伸手摸了摸她低垂的腦袋瓜，就像摸著自家的貓一樣，目光柔和，舉止疼惜。手指穿進髮梢，帶來一股搔癢的觸感，絲絲扣入心弦，輕柔而微帶力道。

這是摸貓的手法吧……？有那麼一瞬，王郡瑀感覺到自己就是隻他養的寵物，沉溺於主人的愛撫。

察覺心跳加快的同時，王郡瑀縮著肩膀，迫不急待當起落跑的人，此時不跑，等待何時？等她急促的心跳變成悸動的心跳嗎？

「謝謝店長的開導，那我先回去上班！」

身子試著移動，她發現他依然拽著沒放，接著聽見頭頂傳來低沉的嗓音。

「對了，那天我打人的事情，不可以外洩。」

「咦……」她很想問為什麼，但這樣會不會怪怪的？身為下屬不該問太多，店長肯定不想讓太多人知道打人，畢竟暴力不是多麼風光的事情。

「有什麼疑慮嗎？」

「沒、沒有！」王郡瑀正經八百地舉起五指放在額側，「我保證，絕對不會說出去，否則天打雷劈！」

傅忻嘴角失守，輕笑一聲，「我信妳，但不需要發毒誓。」

下班的時候，王郡瑀看見傅忻站在一樓大門旁，和出版社網路部門主管聊天。傅忻倚靠柱子，短版西裝外套袖子捲至胳膊，一腳的後跟頂在柱角處，說話間，吐出的電子菸似乎在他臉龐留下一種迷人的韻味。

抽菸的店長有一種頹廢成熟男人的味道；上班時間的店長則有一種溫柔藝術的氣息。

到底哪一種才是真正的店長？

※　※　※

傅忻是屬於哪一類店長，王郡瑀不知道，唯一知道的是，他的關心與溫暖絕對不是虛假，而是真心真意，非常真實。

坐在位置上的王郡瑀心情飄忽不定。她承認，又一次被店長影響，這幾天腦袋裡想著都是傅忻真實的面貌。

她若有似無地把目光飄向傅忻。英挺的身形坐在辦公椅上，被絲綢般的陽光密密地滾上一層明媚，朦朧的光點搖曳在他菱角分明的臉孔，他的雙眼專注凝視在電腦螢幕，節骨分明的手指頭敲打著鍵盤。

當他起身的時候，王郡瑀的目光無法抑制的跟隨移動，筆直的長腿邁出好看的弧度，看著他站在櫃檯旁邊的白桌包貨，低首的模樣及忙碌的雙手，都增添一股迷人的風采，接著，她看見他拿起一本書，放至眼前，翻開內頁，仔細地檢查書況。

所謂，認真的男人最帥氣——果然是句名言。

啊，她為什麼又偷看店長了啦！王郡瑀用力打了一下臉，不打不行，人不清醒，會眼神不小心意淫店長。

電話此時響起，王郡瑀不得不收回關注傅忻的目光，接起電話：

「浮光書店您好。」

「王小姐，我是那個周先生啦。前天寄的訂單，妳先幫我備著，不包貨，我這兒還不確定走哪家貨運。」

聽見客戶周先生的聲音，王郡瑀的好心情全沒了，在她心裡，周先生被定義為瘟神，因為包他的書太累了、太難搞了。

愛殺折扣、出貨使用套箱、一丁點黃斑都不可以出現！常嚷嚷著急單，要她趕緊備貨，匯款不即時，每次都要拖到最後一天才匯款，不然就是匯款到貨運公司那裡，請貨運轉帳給書店，要她趕快去查帳，集一堆缺點於身。

她寧願每天遇到奧客，也不想要三不五時面對周先生。至少奧客只會服務一次，而不是每一次。

「備著先不包？」什麼鬼意思？他又想搞哪一招？

「是、是。」

騙人，真的假的！王郡瑀臉都綠了，心裡狂罵《開頭的髒話，「這次數量高達一千多本，書店沒有空間可以暫放，您大約何時可以確認？」

「我喬喬看，到時候會跟妳說，妳先備著。」

這位先生是聽不懂人話嗎？她很明白地說沒有空間暫放！

「……」掛上電話，王郡瑀找店長詢問這件事情該如何處理？

「店長，周先生一千本說先不包，要先備著，可是我們沒有地方放啊！」她感覺自己要噴火了。

傅忻若有似無地嘆了口氣，隨即拿起話筒，按下分機，「我問經理該如何處理。」

幾分鐘後，傅忻跟王郡瑀說：「經理說暫放倉庫，要跟倉庫說。」

「那我應該跟哪一位說？」以前沒遇過這種情況，王郡瑀不曉得要如何處理。她露出惶惶不安的神情。

好煩喔，為什麼周先生要搞這種事情？真的是很多毛的人！

這問倒傅忻，他也是第一次遇到這個狀況，不過倉庫出貨總負責人是美素，向她說明一聲不會錯。

「跟倉庫的美素說，客戶尚未確認貨運，想先備著，因為書店沒有地方可以放這批貨。」

「好的……」

王郡瑀一副失掉魂的模樣轉身回到位置，沒有留意到傅忻正打量自己，眼中隱隱浮現一抹深思。

王郁瑀寫一封郵件寄給美素，過沒多久，收到美素的回信。

From美素：

TO王郁瑀：

好吧！倉庫其實沒地方放，現在都堆在出貨區域。

但不能暫放太久，請盡快跟客戶確認可出貨時間。

啊啊啊，她覺得好煩啊！周先生為什麼要這樣搞她！

渾身充滿怨氣的王郁瑀趴在桌上，慢慢敲打鍵盤，回覆美素：好的，收到，會盡快跟客戶確認。

傅忻從辦公桌抬起頭，看著李芝瑜和王郁瑀，目前書店剩下這兩位，新人尚未找到。

「你們有誰想參加市長的座談會嗎？」

「店長，請問時間是幾點？」李芝瑜舉手發問。

「週五晚上六點半開始，我要派一個人負責書展事務。」市長的新書目前他已經採購三百本備用，苦惱的是不曉得要找誰負責規劃書展，傅忻打算詢問兩人是否有意願，若沒有意願，或者不便參加，屆時在指定人選。

李芝瑜查看手機月曆，「那天我晚上要回診，沒有辦法參與。」
傅忻轉頭詢問：「郡瑀呢？」
「我那天晚上沒事，可以參加。」不過參加書展要做什麼？總覺得有些不安……畢竟是市長的書展，肯定辦得很盛大，政界知名人士、市長的鐵粉會來捧場，萬一出錯，影響公司名譽就不好了。
「那好，就由妳負責此次書展，當作是歷練，加油！」
看見傅忻對自己這麼有信心，王郡瑀不再露出惴惴不安的表情，中氣十足的喊：「好的，沒問題！」
店長交代的任務，她必須要做好！否則會愧對店長平日的幫忙。處理奧客能力不行，至少書展要辦妥吧！
傅忻確定人選，馬上跟經理報備。
接下來幾天，王郡瑀做完手邊的工作後，會找傅忻了解書展備展方式。
由於市長座談會只有短短兩小時，地點辦在四樓會議室，出版社編輯已將場地布置完畢，參加座談會的人需要持新書入場，如果沒有事先買書，可至現場購買，而書店要負責的任務就是現場販售，有可能買過書的人，現場仍會買給其他親朋好友推薦。
考量會議室沒有插座再安裝信用卡機器，與ＰＯＳ機器不好連結，傅忻要王郡瑀書展前一天事先在ＰＯＳ機打發票，並帶找零金、手開二、三聯式發票，一律採用現金付款，如客人堅持信用卡刷卡，引導客人至二樓書店櫃檯刷卡。

事前準備方式和童書展不一樣，童書展有專門的舊電腦，可以另外單獨作帳使用，然而做工費時，市長新書座談會時間不長，於是不採用這種方式。

「為什麼市長這次新書有辦活動？」而且還辦得那麼隆重！

王郡瑀事先去過會議室，那裡完全布置得像華麗的書房，會議桌全被挪開，正前方放置一張米褐色ㄇ字型沙發，沙發後面牆壁掛著新書看板，兩側窗簾是鮮豔的紅色，不知道特地從哪裡搬來咖啡色書架，整齊劃一放在右側，上面放滿市長新書，天花板切換為昏黃色的燈光。令人吃驚的是，左側是一座移動式吧檯，她見過這座吧檯，曾放在四樓會議室角落。

「市政府團隊規劃，明年要選舉，所以選在這個時候推出新書。」

這是政客的另類宣傳方式，不過出版社特地把書展交給書店來辦，這樣也不錯，當作是另外賺業績。

這下子，年底的業績缺口可以補上。傅忻不用煩惱要讓哪個月結客戶先結清帳款，彌補缺口。

「我以為活動都是由市政府自己舉辦，例如辦在市政府之類的。如果辦在那裡，應該會空前盛大！」

傅忻頗為認同，點了點頭，或許市長之後會考慮再辦一場。

「這是市長第一本新書，出版社既然拿到這項權利，那不可以隨便宣傳。」傅忻說著，將電腦螢幕底座稍微轉動角度，「妳看，網路書店已經上排行榜第一名，不知道我們備貨三百本夠不夠……」

當傅忻評估是否加訂的時候，聽見王郡瑀如此說道：「可是我剛看倉庫沒量了。」

「這麼快啊……我跟出版社說一下，問看看什麼時候加印。」如果加印時間太長，傅忻會選擇多訂一些備著。

王郡瑀想起瞄到某個倉別的數字，「店長，業務調撥倉有五百本耶！」

「我問問看能不能從業調倉調。」

「業調倉是什麼用途？我們也可以調書嗎？」之前王郡瑀就很好奇這個倉別的用途，因為有時候會看見部分熱門書籍斷貨，業調倉有量。

聽見王郡瑀的疑問，傅忻這才想起當初員工訓練時，沒有解釋詳細，只說了一般都從實體倉撿書，「這部分我漏講了，我大概說明一下。」

「店長，等我一下，我拿筆記。」

王郡瑀有作筆記的習慣。傅忻就是欣賞她的認真，當然不是不做筆記就不認真，李芝瑜很聰明，跟她說的話馬上就能舉一反三，晚班結帳工作只要跟她講解一次，她能很快上手。

王郡瑀則是吸收較慢，但是跟她說過的事情，她不會忘記，她是需要反覆練習上手的人。

儘管特點不同，傅忻都很欣賞這兩人。

等王郡瑀打開筆記本，筆準備好後，傅忻打開ARC系統，這是查詢書籍倉庫量的專屬系統。

「實體倉是大家都可以撿書的地方，例如外面的網路書店、經銷商下訂後，倉庫會從實體倉撿書。舉例來說，當有客人訂書，書店剛好沒有時，我們也是從實體倉判斷能不能訂購，這部分妳知道。」

「是的。」

「待出貨倉就是倉庫同事已經撿書，正在等待裝箱，或者已經裝箱完，預備出貨。業務調撥倉就是我們剛才說的業調倉，是出版社專屬倉別，例如出版社可能跟網路書店簽約某本書出貨一百本，或者有些書籍出版社有控量，在書籍印好後，直接入業調倉，專門給某通路，如此一來別人就撿不到書。」

王郡瑀啊了一聲，「例如：《職場為什麼那麼難搞》這本書嗎？它上榜三個月了，每次我們都要去業調倉撿書！」

「沒錯，這是我們有特別跟出版社喊量，沒有喊，我們就沒有。」

這麼可憐！王郡瑀不滿地噘起嘴唇，「為什麼出版社不多印一點？」

「控量呀，他們會統計各通路的銷售狀況，以及補貨頻率。其實現在再版印量會控制在五百本，除非銷量很好，會印一千本以上。」

傅忻打開七日內入庫表單，這份表單是業務部門同事根據出版社給的資料整理出來，每天會寄這份檔案到所有人信箱，書店職員大多參考這份表單，看看最近七日內有哪些書籍會再版。

「首刷第一批呢？」

傅忻指著表單某本新書的版刷紀錄與預計入庫時間，「正常是一千本至一千五百本，現在書不好賣，除非真的是暢銷，例如瑪瑪貓一系列會印五千本左右。」

「我們每個月都會回新書量，就像妳現在負責的童書新書回量。」傅忻打開王郡瑀最近回覆的新書訂單excel檔案連結，「這本《艾瑪的披薩》不行，它是暢銷作家，店月銷十本以上，妳回五本，太少！」

傅忻當著王郡瑀的面手動修改數量，幸好新書訂單回量時間仍在允許範圍內，否則無法變動數量。

「原來如此……他是暢銷作家，我不知道。」王郡瑀看完新書資料卡，儘管資料卡上面的文案寫得多麼誇大，依然不知道這位作家多有名，自己孤陋寡聞……

不過有些書籍很地雷，文案寫得很張揚，例如知名文學網雙料冠軍、youtube百萬訂閱等稱號去修飾這本書的文案，但實際上賣得非常爛，她多半選擇看看就好，沒把這些稱號當作一回事。

如果文案不轟動、不誇大、不聳動，怎會有人買單？

「不知道正常，妳剛接手新書下量沒有多久，有時候妳可以從店銷和網路書店排行榜參考，有些書會提前開預購，假如有上榜，如果來得及，趕緊修量，或者這類型的書在店內賣很好，妳也可以多下一些。」

因此傅忻說的話是正確的。靠著以往實際銷量經驗，評估這本是否賣得好。

「我知道了。」王郡瑀落下最後一字。

傅忻將頁面切換為ARC系統，繼續解釋：「店銷組專用倉是指書店後勤特別跟出版社協調，放了一些書在這裡，當書店缺書時，我們可以從這裡調書。」

「網路倉是浮光網路書店專屬倉別，例如實體倉沒書時，我們可以詢問後勤能否調書、調幾本，後勤會評估，一般來說，這是最常用到的調書倉別。」

王郡瑀認同的點點頭，書店幾乎把網路倉當作是自家倉，當然後勤會評估這本在網路書店是否為長銷品，如果銷售仍有變動，不會開放給書店調撥。

「待處理倉是有些書籍要加工包裝，例如上膜、或者書籍編制條碼、版權頁等等編制錯誤，等待處理；待報廢倉是瑕疵品待報廢、不良品暫存倉是瑕疵品待放區。這些我們不會接觸到。」說明到這兒，傅忻停下來，等待王郡瑀做筆記，看著她因為想跟上進度，端正的字體變成龍飛鳳舞。

一抹難以察覺的笑意從嘴角上揚，確定她把剛才的重點記下來後，接續說：

「稅別這我不用解釋了，現在書籍改為免稅品，非文字超過特定比例，無法審核通過，它就是應稅品，例如塔羅書附贈塔羅牌。可銷售地區是指某些涉及當地宗教或者政策是否允許販售、書籍變更狀態申請日、原因，通常絕版書這裡都會顯示核可日。」傅忻再度停下來，告一段落，「大概就是這樣，有沒有哪裡有問題？」

「所以，當我們在下採購單的時候，會特別在備註標記：請於業調倉撿書、網路倉撿書。」王郡瑀下過幾次採購單，在傅忻沒有解釋前，真的不知道自己為什麼這樣下單。

「沒錯。」

「好的，我明白了！」

【第五章】

市長的書展，與店長約會

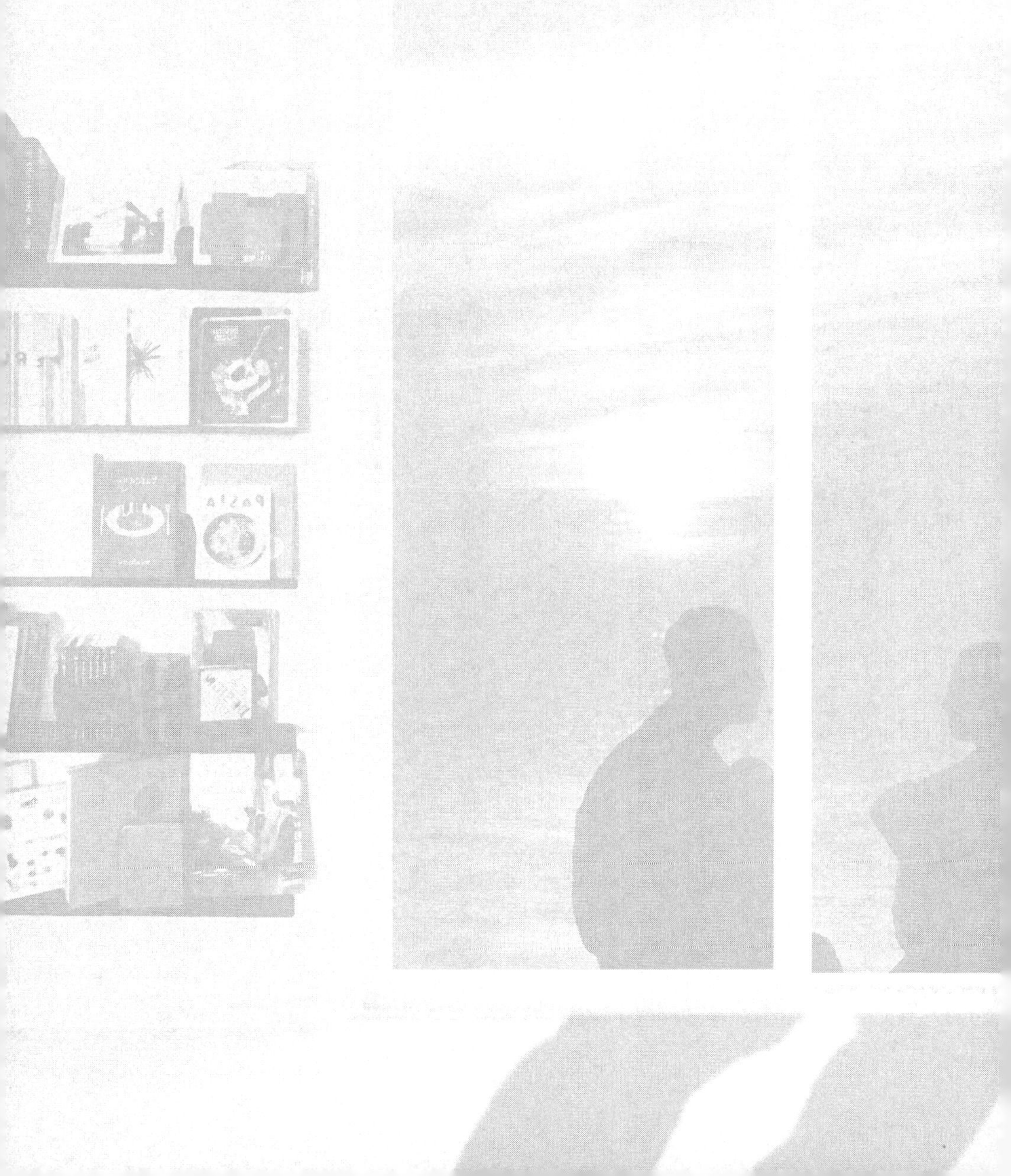

市長座談會當天。

晚上六點整過後，早班職員先行下班，王郡瑀拉著裝滿市長新書的書車，準備先搭電梯送往四樓會議室。

這場座談會，名義上是王郡瑀為負責人，鑒於她是新人，傅忻不放心讓她一人獨撐大局，於是和她偕同辦展。

幸好傅忻沒有丟她一個人處理，否則超怕做錯事。市長的座談會呢！絕對不能出差錯，到時候現場肯定有很多記者，她才不想害書店上新聞。

出版社搬來一張長桌，設置在會議室門口的地點，當客人進出時，能夠顯眼發現售書攤位，會場入口放上一束束鮮花來點綴。

一百本新書先拉上四樓，剩餘兩百本則暫放書店，畢竟會議室沒有太大空間可以容納三百本書。

座談會席次約有一百個位置，採取事先報名，現場陸續架設攝影機和燈光，出版社人員忙進忙出，不只出版社忙碌，王郡瑀的手沒有停下來過，她搬著一疊疊新書到桌上，苦惱著要如何陳列比較好看。

書籍陳列有學問，除了美感，也需要視覺上的效果。李芝瑜在陳列上滿厲害，她在店內的新書平面陳列區，把書籍擺得像天女散花的圓圈，充滿層次往上增高，就像一個精緻的蛋糕。

王郡瑀正在擺弄新書陳列時候，傅忻拿著發票出現在攤位：「書籍陳列的時候，下方可以疊五本左右，或者頭尾交錯擺放，有些書籍有書腰，同個方向擺放會傾斜，這樣書籍會倒。」

說話間，傅忻直截了當示範一次給她看。他先橫放五本書，前方在直放三本書，以T字型呈現，五本書上方再使用壓克力立牌秀面一本書。

「簡單擺放就好，主要呈現乾淨整齊的畫面。」

王郡瑀方才有想到用這種方式呈現，不過有些普通。其實T字型是最簡潔的方式，沒有用華麗的外表包裝，讓人一看簡單有力。

傅忻示範後，桌面剩餘的位置則由王郡瑀接續。傅忻在一旁看著，她的動作明快且正確，讓人可以放心。

傅忻將事先打好的發票放在小盒子裡面，再將小盒子放在摺疊椅上，等會兒人來人往、人潮眾多，把錢放在桌上是不明智的舉動。

折疊椅子、零用金、發票、計算機等都在七點前準備完畢，等整點開始座談會。

王郡瑀雙手擰著衣襬，靠著柱子站立，表情顯得侷促不安。

「會緊張嗎？」

「有點。」

不是有點，是非常緊張。她像根竹竿似的，如果把她打扮成一棵樹，恐怕沒人懷疑——傅忻心想，是不是該找個話題轉移注意力？

「等等妳負責找錢，我一旁協助。」

「咦?找錢,我嗎?」王郡瑀震驚地指著自己,連忙搖搖手,「店長,我怕我找錯錢,萬一找錯錢要貼錢嗎?」

不過這個話題似乎找錯了,王郡瑀聽見要負責重責大任,嚇得退避三舍。

這個問題也太直白!找錯錢能不發生就不發生,偶爾店裡會發生找錯錢,導致零用金短少,通常傅忻不會讓他們賠,最多言語叮嚀勸導下次注意點。

話一出口,已經來不及收回。王郡瑀看見傅忻臉色變樣,眉頭明顯輕輕動了一下,然後沉默不語。

糟糕!她說錯話了,怎麼會問如此智障的問題!目前狀況來看——面無表情,所以店長是生氣還是沒生氣?

不管店長有沒有生氣,王郡瑀六神無主,恨不得下跪道歉,「對不起店長,我太白目了!」

一絲笑聲無法抑制地從傅忻嘴裡溢出。覺得這樣笑人似乎不好,他清清嗓子,「我不知道郡瑀這樣是白目,我覺得滿可愛的。」

撲通!突如其來的心跳聲在耳畔縈響,傅忻的話就像原子彈充滿威力,讓她體溫瞬間增高,擂鼓的心跳令人無所適從。

為什麼她有點開心,又有點失落……?可愛是一個女生聽了會覺得心動的修飾詞,可是聽起來不是隨便的撩,店長只是單純讚美而已吧?!這又沒什麼特別。

為了掩飾動心的情緒,王郡瑀急著把話題導回去,「所以我負責找錢嗎?」

「是，我相信妳沒問題。」傅忻很堅持要讓她擔任找錢的工作，一來可以練習穩重做事，二來可以鍛鍊。

「謝謝店長信任我，我會努力做好的！」

果然，只要交給她任務，她會極盡所能做好。

他欣賞的就是她的認真，如同前同事林伯佑自創遊戲「使命必達」，很適合形容她。

越接近七點，人潮陸續漸多，一群相約親朋好友的群眾站在入口處大聲講話，被現場工作人員引導入內，另一些則是獨自前來，不曉得要如何報到，在門口徘徊。

負責報到的工作人員是出版社指派，現場約有五名人力，其餘十名人力則在場內協助。

眼下報到處五個位置都有客人，顯然人力不足，於是售書攤位前擠滿人潮，部分是買書客人、部分則是詢問座談會相關問題。

客人如潮水般上門，王郡瑀將書本交給客人，一手拿錢，另一手找零。零錢剛找完，眼皮子底下又遞來兩本書。

「小姐，折扣多少？」

「七五折！」一邊收錢，手指忙碌地在計算機按數字，然後找零，嘴巴更沒停過，她不知道書展這麼忙，兩隻手加一張嘴要同時使用。

不不不，她需要十隻手，否則忙不過來。

「欸，妳要不要再買一本？現場七五折。」

「好啊！那麼便宜，買起來！支持市長！」

王郡瑀抓起三本書，抽起三張發票，一張發票銷貨金額是二百六十元，「總共是七百八十元！謝謝！」

「我要紙袋裝。」

「好的！」

一名參加座談會的客人走上前，王郡瑀以為他要買書，正準備招呼，客人卻說：「請問市長來了嗎？」

她忙到沒時間看市長來了沒？王郡瑀左右張望，回道：「還沒……吧！」如果來得話，估計會全場暴動。

「OK！」客人沒有道謝便直接走進會場。

門口傳來工作人員和另一位男客人的聲音：「我沒帶書怎麼辦？」

「我們現場有販售新書。」工作人員將客人引導到攤位前。

「您好，請問需要幾本？」王郡瑀上前招呼。

「一本手拿，其他四十本幫我宅配，你們可以宅配吧？十本寄超商。」客人抽起一本，接著喊出讓王郡瑀吃驚的大單。

「我們沒有超商服務，五十本都寄宅配嗎？」他當這裡是網路書店呀？就算能店到店，重量不可以超過五公斤、長寬高加總不得超過一百零五公分。

「現在不是都店到店嗎？你們沒有？」客人不太滿意地撇撇嘴，「全部都宅配，可是我晚上六點後才有在家，叫司機晚上送貨，這你們做得到吧？」

「宅配單幫我寫上姓名和地址。」王郁瑀將空白貨運單和筆遞給客人，「會幫您備註晚上六點後送貨，不過司機能不能配合我無法強硬要求，要看貨運公司的安排。」

「唉，那好吧，備註就備註，但妳再幫忙跟司機說一下啦！」客人不死心，又盧王郁瑀要辦到這事兒。

何苦為難書店人員……她又不是貨運司機。王郁瑀突然感到無力，但面對客人，她不能露出除了微笑以外的表情，只好秉持最佳服務精神面對客人。

「因為收貨和送貨是安排不同司機，這部分沒辦法做到。預計明日下午可以寄出，司機送貨時會再電話聯繫您。謝謝惠顧。」最後補上這句話，變相是打發客人趕緊離開。

客人後來沒說什麼，拿著發票和書籍進入會場。

王郁瑀仰起頭喝了口水，水還沒吞下去，一名揹著器材的男子走過來：「我是記者，請問要坐哪裡？我的攝影機可以放哪？」

「我、我……對不起，我不知道，我幫你問一下！」王郁瑀一問三不知，因為這些不是書店該處理的事務，出版社沒有事先告訴書店位置的安排。

「店長，你知道座位的問題要問誰嗎？」她一轉頭，試著尋找傅忻的身影，可是不見了！

這個時候，傅忻人剛好不在，王郁瑀不知道他從什麼時候就不見了，居然把她丟著，嗚嗚店長，她需要支援！難怪剛剛忙得要死，店長都沒有出手，原來是早就不在。不管了！王郁瑀看見穿著黑色套裝的工作人員，直接拉了一個過來。

「這位記者想要詢問位置，和器材該放哪裡拍攝。」

「好的，我先處理。」

由於秩序太混亂，門口由出版社再加派一位編輯部人員負責引導。書店攤位靠近門口，王郁瑀除了賣書，也變成引導客人入場的支援人員。

剛伸手指引客人報到位置，王郁瑀轉頭，團購女客人上門。

「妹妹，我要買六十本，現場有嗎？開三聯式發票，我給妳抬頭和統編。」

氣來不及喘，王郁瑀匆忙拿出手開發票，和一張空白小紙條。

「等等等、等我一下，不好意思，您能把抬頭統編寫在這裡嗎？」

客人懶得動手，「蛤，我要寫喔？我想說我念給妳聽比較快。」

「也、也是可以，可是我現在有點……忙，您可以等我一下嗎？」王郁瑀快崩潰了，桌面一團亂，來不及補書，桌上都快被客人清掃一空。

她指著對面報到處，向某位客人說：「你先去那邊報到，他們會跟你說後續！」說完，她轉過頭，正預備拿起手開發票書寫，一隻大手突然出現，直接接過紙本發票。

「我來吧。」

「啊……救星來了。」嗚嗚嗚！太感動了！王郁瑀的表情十分誇大，只差沒有當著傅忻的面痛哭流涕。

傅忻一手拿著紙本發票，另一手則遞了一瓶礦泉水給她。

「喝一下，妳快虛脫了。抱歉，不是故意丟妳一人在這，我臨時有事，回書店處理一下。」

店長真的太貼心了，聽見他這樣說，她完全沒有怨言了！王郡瑀看著修長勻稱的手指握著水瓶，感激涕零地接過。

「請問抬頭統編是？」傅忻坐在位置上，聽著女客人指示的抬頭統編書寫。

客人找王郡瑀攀談，「妹妹，市長的新書賣得很好對吧？我自己就包辦六十本，我還推薦給其他朋友呢！這本書真的超棒，充滿正能量、正思想，妳看過嗎？」

王郡瑀不知道為什麼自己突然被點名，可是自己沒有完整看過，這問倒她了啊！她只知道政客的正能量和正思想是幕僚包裝過的。

「……有、有翻過。」對客人誠實是乖小孩。

「我跟妳說，要整本看完。超感謝市長寫這麼好的書，我覺得完完全全洗滌心靈啊～～」客人完全陷入自己的世界。

「……」瘋狂的鐵粉——王郡瑀直接在她身上貼上標籤。

寫完發票的傅忻平靜地打斷客人的推銷，「六十本您要直接帶走，還是宅配？」如果他再不出聲，王郡瑀會跟女客人繼續尬聊。

他讀得出來，她臉上的尷尬，實在不需要勉強自己和客人尬聊。

「我開車來，我直接帶走，你幫我裝箱，箱子外面寫上每箱有幾本，你們有紙袋嗎？信封袋那種，我要包裝的。」

王郡瑀拿出書店專有的牛皮信封袋，「這種的可以嗎？我現在馬上裝箱，牛皮紙袋您需要六十個嗎？」

「可以可以，給我六十個。」

女客人後方大排長龍，隊伍拉長至電梯門口，導致連警衛要下場幫忙維持秩序，傅忻不假思索，和王郡瑀兵分兩路進行。

「妳招呼其他客人，剩下我來處理。」

傅忻在攤位後方將六十本書一一裝箱，王郡瑀則在前台和忙碌奮鬥，結帳結到最後，除非客人會給多餘的零錢，不然根本沒有時間用計算機按。

店長預估的沒錯，市長新書銷售量真的很厲害！

桌面剩下僅存二十本書，空蕩蕩一片讓不少客人以為賣完了，在隊伍裡面竊竊私語，或者隨意拉了一個工作人員詢問。

「書籍量夠，我們會馬上補書！」王郡瑀朝人群喊道，一面轉頭詢問：「店長，書要沒了，我回書店拿嗎？」

「我去就好。」傅忻將三箱書送上推車，對一旁等待的客人說：「小姐，抱歉，櫃檯比較忙，我先把書送到您車上。」

傅忻拉著推車離開，王郡瑀無暇分神留意檯面上無秩序的散亂。現在她已練成一隻手遞交書，順手拿錢，另一手則抽發票，買幾本就拿幾張發票。

這時，她聽見出版社同仁說：

「市長在地下室了，幕僚已經停好車。」

「門口要準備清場，還沒進場的要趕快讓他們進場入座，不然亂糟糟的，場面不好看。」

「還有很多人還沒購書入場！」

什麼！她這裡還沒消化完畢，還有很多人在排隊！聞言，王郡瑀心裡焦急萬分，萬一她這邊沒有清場完畢，導致座談會沒有完美舉辦，出版社不知道會不會怪書店？她不想當老鼠屎啊！

剛結束前一位客人，王郡瑀立刻喊：「下一位！請問需要幾本？」

現場如戰場，見王郡瑀忙不過來，缺少人手疏散購書人潮，出版社派了兩位來幫忙，隊伍分成三列購書，速度加快不少。

在書籍即將賣罄，傅忻力大無窮推著四輛推車抵達攤位，把書店囤貨的二百本一口氣搬上來四樓。王郡瑀見狀，嘆為觀止，對傅忻優良的能力愈來愈崇拜。

來幫忙的出版社同仁說：「辛苦你們了，你們只有兩人顧攤位？」

傅忻將補貨的書一一陳列於桌上，「對呀，書店目前還在徵人，所以人力不足，等等座談會開始，就不會那麼忙了。」

備貨書籍及時救援，解除售罄的危機，十五分鐘後，攤位前已剩零散的客人尚未進場，參加座談會的客人大多已入座。

突然間，電梯口處傳來吵雜的聲響，一群穿著便裝的人圍繞在市長周圍，高個兒的幕僚站在周圍，顯得滿頭白髮的市長個子嬌小，阿伯市長疾步行走，一如他講話非常快速。

市長的走路實在太快，再加上幕僚十分的高，站在攤位的王郡瑀翹首期待，只來得及匆匆一瞥。

「妳沒看過市長嗎？」瞧她看市長就像看動物園裡的動物，充滿好奇心。

「沒有看過，之前只在電視上看過，他跟電視上沒有太大區別，白白稀疏的頭髮、圓滾滾的肚子，矮矮的身子，腳步跟講話速度一樣快。」

王郡瑀形容的很好笑，傅忻將食指放在唇邊，示意她必須安靜了，因為座談會已經開始，如此形容盡量別被別人聽見，免得有心人士不高興，鬧得人仰馬翻。

工作人員關上大門，讓場內有個和諧、不被外在音量吵鬧的環境。市長的特助先發表這次新書座談會的目的，接著才由主持人交棒，開始座談會的序幕。

王郡瑀和傅忻開始整理凌亂的攤位，經過一場大亂鬥，一一清點剩餘的書籍、發票，零用金，計算出總計賣掉多少本書。

這次書展共計進貨三百本，售出二百五十本，剩餘五十本，許多都是團購訂單，販售到後期，他們來不及包貨，只好先請客人寫下宅配單、收取款項，並留下聯絡人資料，如果有人需要匯款，則遞交公司帳戶影本資訊給客人，匯款後方能出貨。

「店長，數量不夠應付團購單，怎麼辦？」趁著空檔時間，王郡瑀準備處理團購訂單。

「我事先有跟出版社商量好，調業調倉的貨。出版社已經安排緊急再印，預計下週一會入庫，到時候直接去業調倉撿一百本。」

店長真的太厲害了，有先見之明，否則這幾筆肥沃的書款書店根本賺不到。王郡瑀起先質疑市長的書真的會賣很好嗎？因為現場只有一百人參加，憑書入場，頂多一人買一本。誰能想得到，市長魅力如此之大。書店給予的優惠，購書滿五十本，優惠七三折扣，滿一百本七折，不少人趁折扣團購價購買。

「好的！」

會場響起笑聲，市長犀利的口吻透過幽默風趣加以包裝，製造出歡樂的效果，王郡瑀聽著市長談起這次新書的初步構想及遭遇的困難。

整場座談會沒有談論到政治，主題圍繞在這本新書上，市長特助在旁與工作人員商討進行的流程。

座談會時間過得非常的快，書店攤位收拾告一段落，包完部分團購訂單，現場已無剩餘書籍，於是收拾的動作可以進展得非常順利且快速。

對面的報到區也已收拾完畢，部分工作人員移動到座談會旁邊吧檯。

「葉總說你們可以先收拾離開，我們還要等客人散場打掃環境。」

書店只負責販售書籍，會場後續清潔和散場和書店無關。

終於結束短暫卻忙碌的書展，王郡瑀呼了一口氣，拖著痠疼的肩頸慢慢移動到電梯門口，她手上抱著放置發票的盒子，和一袋零用金，搭電梯回二樓。

傅忻則待在四樓和出版社人員再確認書籍入庫的時間。等確認完畢回到書店，王郡瑀正將團購訂單依先後順序整理。

傅忻看見王郡瑀還沒收拾包包，提醒道：「今天發票全部售出，團購發票用手開發票開立，這部分等上班再弄。」

「不算今天的營業額嗎？」開發票滿快的，她想說可以今天弄一弄就搞定。

「不用，今天開或下週一開都是這個月的業績。現在九點了，去收拾包包，準備下班。」說話時，傅忻已在整理包包，關閉電腦。

「好的。」沒想到時間過這麼快，已經九點整了。王郡瑀聽從店長的指令，將團購單放至在待辦區，趕緊收拾包包。

「等等順路去吃飯。」

王郡瑀以為傅忻在自言自語，於是沒有理會，直到他又問了一次，這才咦了一聲。

「在問我嗎？」

「這裡除了妳還有別人嗎？」傅忻語氣溫溫的，遣詞用字卻有些銳利。

跟跟跟店長吃飯！好像有股燥熱的蒸氣從頭頂冒出來，王郡瑀心跳加快，瞪大眼睛，「可是這樣……」

和店長私下吃飯算不算踰矩？可是他們踰矩什麼了？單純吃飯而已，別的事情都沒有做！

傅忻態度強硬、斬釘截鐵地說：「沒有可是，我會送妳回家。」

溫柔的店長又不見了，現在是霸道店長。

兩人離開書店，抵達一樓大門，王郡瑀抬起頭詢問身邊的男人，「店長，我們今晚吃什麼？」

「我想吃咖哩飯。」

好的，咖哩飯是吧！既然身為下屬，要自動自發幫主管做事。王郡瑀立刻拿出手機，搜尋附近好吃的咖哩飯，可是這個時間大部分店家都已打烊，要去哪裡找咖哩飯？

傅忻睞了她一眼，直接伸手拎走她的包包，「不用查，我知道有一家便宜又好吃，跟我走就是了。」

是怕她偷溜嗎？居然再一次把包包搶走……王郡瑀怔了怔，若非店長是熟人，這樣的舉動真相搶劫！

「跟上。」前方的傅忻拋來命令。

王郡瑀自個兒笑了笑，拔起腿追上傅忻的步伐。

她完全沒有拒絕說不的權利，因為店長做事實在太乾淨俐落了，逼人就範的方式就是先搶對方的包包，讓對方不得不跟著走。

咖哩店坐落在公司附近的小巷子裡，外觀用乾燥花布置成和諧寧靜的氛圍，裡面陳設採用霧面且有質感的奶茶色桌椅，牆壁上掛滿一幅幅油畫。

店內位置不多，這家店主要是賣咖啡，但是咖哩特別的好吃，傅忻聽出版社同事提起這家，據說很好吃，這才慕名而來。

晚上九點，這家咖啡店尚未打烊，王郡瑀聽了傅忻的建議，點了一份招牌牛腩咖哩飯，傅忻則點一份雞肉咖哩飯，外加一杯熱伯爵茶。

兩人坐在店內靠牆、最裡面的二人座位。第一次跟店長私底下用餐，王郡瑀顯得拘謹、安靜。

店長不開口，那她是不是該說些開場白？王郡瑀雙手放在大腿，背脊挺得直直，相較表情上的侷促，腦袋則是沒有停歇，一直在思考話題。

不料，還沒想到話題，傅忻率先打破靜謐，「今天有什麼收穫？」

「呃，收穫……」這問倒她了，今天的收穫就是很忙碌，忙到頭腦要炸開了，想摔東西發洩一下——可是她知道不能這樣回答。

見她沉默、露出苦惱的神色，傅忻改變方式詢問：「這樣好了，我問妳，今天書展有沒有覺得哪裡妳需要加強的地方？」

王郡瑀摸著鼻子、咬著嘴唇，她知道這個答案迫在眉睫，必須立刻想出一個適合給主管聽得答案。

「我覺得……我覺得……」她連續說了多個我覺得，後續的話不知道是不是緊張，始終沒有吐出來。

傅忻知道她很緊張，於是安慰道：「我們閒話家常，妳儘管說就是，不用怕回答影響妳的考核。」

既然店長都發話了，代表不會反悔吧？其實她不是怕考核成績不好，而是心中沒有真正的答案，尤其突然被問到，更不知道該如何回答。

如果硬要提加強的地方……

謹慎思考過，王郡瑀說：「我覺得我的沉穩度還要加強。」

「為什麼？」傅忻訝異這個答案。

「因為我一忙起來，遇到問題不知道解決會慌亂，再加上你突然不在，我會不知道如何處理，會笨手笨腳。」

傅忻看著她好一會兒，回想起今日書展的情況，攤位場面的確混亂，不過沒有像她說得那麼糟糕。

雖然她忙碌中會慌亂，這不可否認，但是到了後期，她漸漸步上軌道，有條不紊進行銷售業務，過程中沒有出現不可控制的意外事情。

傅忻將雙手交疊擱在桌面，一字一字地說：「我認為這部分需要時間歷練，會更好的。除此之外，還有嗎？不單純只有個人加強的地方，書展的流程有沒有需要哪裡改進？」

流程全由店長以之前辦展步驟進行規劃，她因為是新手，所以聽從傅忻的指令辦事，沒有針對流程提出半點見解。

王郡瑀想了下，「我覺得很好。只是人力配置需要加強——我是指出版社那方面，他們比我們攤位還亂。」

傅忻笑了笑，「這部分就交由他們自個兒規劃。」聊天的同時，兩人的咖哩飯已上桌，傅忻率先拿起湯匙，「先吃飯。」

用餐時間，兩人聊起平常下班後的生活，一開始，王郡瑀是聆聽的對象，安靜聽著傅忻從工作談到下班生活，隨著傅忻拋問題出來，王郡瑀開始應對回答。

傅忻固定週五下班後先返家停車，再去家附近的酒吧小飲，週六固定會去健身房運動，偶爾會固定到大稻埕騎腳踏車，週日則外出爬山踏青，他的生活非常單純健康，全跟運動有關。

他熱愛運動嗎？不是。他是喜歡大自然的味道、喜歡運動過後流汗的暢快。

王郡瑀則是平日上班，固定下班後回家耍廢，週六日如果有約才跟朋友出門，沒有約的話則獨自去公園運動或騎腳踏車。

飯後的傅忻慵懶地靠著椅背，把襯衫前面三顆鈕釦解開，袖子捲至胳膊。或許是兩人聊了各種話題，話匣子打開，王郡瑀不再緊張，話變多了，也會主動找話題。

「那店長平常你都運動多久？」

「大概三小時。」

「郡瑀。」傅忻突然低低喊了她的名字，那個聲音伴隨炙熱注視的目光，有一種令人迷醉的氛圍悄然無聲融入進去。

一陣悸動劃過心尖，帶來絲絲酥麻，王郡瑀有些迷惘，最近愈來愈有墜入情網的感覺。

「既然妳我都有運動習慣，我們假日去運動。」

猛然從迷惘中回過神來，她的聲音不自覺的上揚，「我、我跟你嗎？」

傅忻看著她不敢置信的模樣，慎重堅定的點了點頭，「當然，不然能找誰？」

思緒轉了一圈，她拋了一個名字出來：「呃，芝瑜？」

「她喜歡做甜點，沒有任何事情比得過甜點。」

林伯佑離職後，書店沒有別人了，她想不到其他人選，出版社那邊她不熟悉。

「有夠像約會的……」王郡瑀小聲嘀咕，雖說是刻意自言自語，不過店裡的抒情歌沒有蓋過她的聲音。

「哪裡像？」傅忻伸手敲了她額頭一下，自然而理所當然，更帶著寵溺的意味。

「就是……」王郡瑀說不出話來，因為見他沒有這層意思，再解釋下去就怕自己會錯意。

「沒有啦。」她的聲音無精打采，為什麼有一股悵然若失的感覺？

傅忻不悅地皺起雙眉，伸手拍了拍她的額頭，不知道為什麼，他不喜歡看見她這樣，那會使他心情不大好，甚至聽見她說很像約會時，他突然不知道要回什麼，這並非覺得尷尬，而是連他自己也不清楚，為什麼自然而然就邀約了？當他開口提出邀請，心中蕩漾著一股非如此不可的堅決。

「妳說話的時候可以更有精神一點！」

這幾下拍得有夠重，把她頭當球拍嗎？這個時候的王郡瑀已經不怕傅忻皺眉，大大方方甩了一記瞪眼過去。

「我說！店長，那我們什麼時候去運動？」

「這樣才對，我就是喜歡妳活力充沛的樣子！」傅忻不拖泥帶水，「就這週日，我們約下午一點，在公司集合，然後一起去大稻埕騎腳踏車。」

正在喝水的王郡瑀狠狠被驚了一跳，不小心把水噴出來。

店長講話好直接啊！簡直像喝酒後的店長，可是店長沒有喝酒，他喝了一杯茶，就變啦？確定這樣不會被誤會嗎？

「好。」你都擅自決定好，我能說不嗎？王郡瑀在心裡OS。

接過傅忻遞來的衛生紙，王郡瑀抹抹嘴巴，「店長，你覺得去八里騎腳踏車怎麼樣？」

「那邊人太多，租借腳踏車又貴。」傅忻不假思索拒絕，「對了，這個茶要不要喝喝看？很好喝。」

可是店長用過了……當她眼睛瞎了沒看到嗎？「不、不用。」

王郡瑀親眼看見前一秒鐘，傅忻喝了一口，即便嘴唇沒有印在同一個地方，共飲一杯茶仍非常奇怪。

難道店長是那種不拘小節的人？

「妳幹嘛這麼怕我，我會吃人嗎？」傅忻端起茶杯，直接擱在她面前，讓她逃也不是，視而不見也不是。「給我喝！」

在傅忻灼灼的目光下，王郡瑀二話不說端起茶杯，開玩笑地問：「店長，你是不是習慣逼人就範？」吃店長的口水就吃！既然對方沒搞男女授受不親的界線，那麼她大方自然一點，總是好事。

「如果我逼妳就範，妳能怎樣？」他突然笑得很張狂、很自然。

王郡瑀看直了眼，以往溫柔形象的傅忻可以是惡霸英雄，也可以是狂野豪邁的面貌，在公事上他是親切的上司，在私底下則是自然不做作的男人。

「可是這樣好曖昧。」王郡瑀沒有意識到把內心話自然的說出口，這是一種帶點嬌嗔的口吻。

兩人忽然對看一眼，一種模糊不清的情感無聲炸開，傅忻罕見害臊，不由自主的移開視線。

他是自然而然和她這樣聊天，沒有刻意打好關係，也許是平日工作太枯燥乏味，她有一種吸引力，讓人不知不覺想捉弄一番，儘管他知道自己和她的相處模式並不是捉弄。

「會嗎？我沒有察覺。妳覺得困擾嗎？」傅忻定定注視著她，琥珀色眼睛彷彿充滿無形的魔力，讓人無法移開視線。

如果她會困擾，他會改變相處方式——不過還沒找到要如何相處，他對李芝瑜不會這樣肆無忌憚，但是對王郡瑀會情不自禁。

王郡瑀努力定定神，「不、不困擾啊！店長，其實兩種都是你的真面目，我覺得人與人的相處不需要偽裝。」

「兩種？」

她怎麼自己挖洞跳了！王郡瑀想自打嘴巴。

「就是溫柔的你、凶悍暴力的你。」王郡瑀琢磨一下，緩緩開口：「店長，可以拜託你溫柔一點嗎？溫柔的店長比凶悍霸道的店長好太多。」說出口真令人難為情。

傅忻詫異地揚了揚眉，「為什麼妳會這樣覺得？我哪裡暴力了！」他不禁為自己喊冤，這是多傷人的指控。

「那天你打變態，我嚇到了。」何止嚇到，簡直是瞠目結舌，讚嘆傅忻的英勇和帥氣。

「會太暴力嗎？我覺得他是欠揍，應該多補幾腳的！」想到那名變態對王郡瑀做的事情，至今傅忻仍恨得牙癢癢，這種人真的欠化學去勢，所以他從不覺得自己是暴力分子。

就怕傅忻誤會，王郡瑀趕緊解釋：「我的嚇到不是負面的意思，是因為我剛入職的時候，店長你很溫柔，講話溫溫吞吞，打扮斯文，我真的沒想到打人起來竟會俐落強悍。」說到這兒，她的拳頭隨著話語揮動，頗有幾分搞笑的意味，「店長，你一定是練過對不對？還是小時候常常打架？」

傅忻暗暗鬆了口氣，談起以前的往事，「其實，國中的時候我有不學無術過，跟幾個不讀書的同學當起校園小霸王，倒沒有欺壓其他同學，我們一夥人會跟他校逞凶鬥狠，幸運的是，只記幾支警告，沒有被退學。」

王郡瑀沒有想到國中時期的傅忻居然有令人驚異的一面，反差實在太大了，以前是混水摸魚的頑皮小子，現在是行走的模特兒書店店長。

「高中時候奮發向上，考上商科組，和國中同學沒再連絡。」什麼原因導致努力用功讀書，他自己也不知道，他是屬於不需要別人催，就可以自動自發的人，催了沒有用，他想讀書自然會讀。

「商科為什麼跑來當書店店長？」

「因緣際會，大學畢業後，那時候我在找工作，同學介紹浮光給我，一開始我滿懷疑自己的科系有沒有辦法進入，當時面試我的是現在的業務總監，我進去沒多久後，前任店長就離職了，於是我替補上去。」

王郡瑀以為傅忻剛入職時就是店長，沒想到是從基層開始往上爬，那麼他的能力在當基層時一定很能幹，否則主管不會讓他升職。

「出版部門幾乎都是非文科組出身。」

「咦？真的假的！我以為公司應徵偏好文科組。」王郡瑀就是文科組一員，假如不是看組別類型，那麼是看什麼類型？

「因為妳剛好是文科組，以為自己是因為這樣面試上？但不是。」傅忻明確指出應徵成功的關鍵點，「我看中的是有沒有心在這塊領域經營，對工作有沒有熱誠，而妳符合我的需求。」

「原來當時我有給你這種感覺？我不是運氣好啊！」王郡瑀點點頭，如果店長沒有說出真相，她不知道自己為什麼會面試成功，順利進入浮光公司。

難怪剛剛他會說：我就是喜歡妳活力充沛的樣子！原來是這層原因，害她當時小鹿亂撞！

「所以妳要加油！好好工作，為書店服務。」

既然店長當初願意給她機會，那麼絕對不會白白浪費學習。

「好的！那店長也要溫柔一點，這樣我才有動力～」王郡瑀開玩笑地說，結果自己說完發現傅忻怔怔看著自己。這一瞬間，她漲紅臉，果然講話太直白並不是她的專長，會讓人尷尬啊！

「呃，店長，你聽聽就好！我剛真的是開玩笑。」王郡瑀害羞地摀著臉，她絕對不會再承認自己喜歡的是溫柔店長。

「我這樣的溫柔，喜歡嗎？」驀地，傅忻從座位起身，上半身越過桌面，抽起一張衛生紙，伸長手，揩去她嘴角的咖哩漬。

這一回，換王郡瑀目光發直，眼底全是傅忻春風般的微笑，心像是翻滾的熱水，短時間內無法平靜。

王郡瑀含蓄的笑了笑，把暗爽的心思全深深抿在嘴角，順勢也把嘴角殘留的餘溫也一併抿進心裡，不過那雙烏黑的眼睛洩漏出她喜歡這個舉動。

「店長，你很會耶！馬上行動。」

「當然，不過我不是隨便對誰都這樣。」

意思是，他只對她這樣？王郁瑀猛地打個唐突，下一秒，她聽見傅忻的話，頓時笑岔了氣。

「我對妳溫柔，妳就要在工作上報答我，郁瑀，有沒有聽見？」

「店長，你很皮，很會精打細算哦！」王郁瑀開懷大笑，笑得眉目間光采動人，傅忻無法把視線從她身上移開，逐漸感到悸動的情感在心中蔓延。

店裡播放著輕柔的音樂，兩人的心跳逐漸變成同頻率，似乎成為交錯目光中的唯一聲響。

〔第六章〕

導師的魅力，瘋狂的粉絲

王郡瑀感覺到，他們之間的相處氣氛變得不一樣了，會互相開玩笑、打鬧，聊天話題不乏運動、種植等，但這侷限於私底下相處，在工作檯面上，傅忻待她依然溫柔貼心，公務上指導不少事、幫不少忙。

當然，純粹只是同事間聚餐，王郡瑀不會因為傅忻主動邀約而誤會他有想追求的意思，儘管、儘管……她心裡很開心。

「嗨，好久不見。」一位體型龐大的客人悠悠哉哉步入書店，舉手對著櫃檯打招呼。

「……」她該知道這是誰嗎？王郡瑀左右張望，他是在跟誰打招呼？李芝瑜已經下班，目前店裡剩下傅忻和自己。

傅忻正低頭寫店務，對於客人的招呼沒有反應，這麼說是跟自己打招呼？

王郡瑀意思意思點一下頭，當作回應，想來想去依舊不知道是誰？

「你們那個《科學一百問》這是哪一版本？舊的沒了嗎？」

王郡瑀點開系統，透過書名查詢其他版本，「我看看喔！這本是最新版本，舊版的沒有了。」

客人來到櫃檯前，「順便幫我查周柏文的到期日。我給妳電話。」

「他的到期日是二〇二四年十二月十日。」

「再來是韓玉芬。」

「到期日是二〇二三年六月二十三日。」

「還有。」

「還有。」

「再一個。」

為什麼他這麼多個會員？一個人只能申辦一個會員。他是幫朋友代查嗎？

趁著客人離開櫃檯，站在距離櫃檯稍遠的書櫃翻書，滿頭霧水的王郁瑀悄悄來到傅忻位置旁邊，用著只有兩人聽見的音量詢問。

「店長，他誰？看這樣子感覺是我們的常客。」

「他是專門每個月使用六五折的客人。」

「啊？六五折不是一年才用一次嗎？為什麼會每個月使用？」

六五折是書店ＶＩＰ會員享有的生日優惠折扣。消費累計滿九百元即可申請入會，入會後會員價七九折，生日當月有一次六五折優惠，會員期限為一年，一年內需消費累計滿九百可再續會。

會員申辦的時候需填寫姓名、出生年月日、身分證字號可依個人決定是否填寫，有些客人不喜歡四處留太多個人資料，所以大多選擇不填寫。

「很久以前辦了一個活動，那時候只要消費累計滿四百九十九元即可申辦會員，他拿了他朋友的名字來辦，再加上我們辦會員不會看證件，所以漏洞就被他鑽。」

「可是我們現在辦會員也不會看證件……」這個漏洞並沒有因為這位客人的行為而改變。

傅忻說出了為難之處，「因為還是需要會員業績，主管希望會員人數可以增加。晚班結帳時，都會寄一封本日會員新增的郵件給後勤，就是要統計會員增長人數。」

「近半年入會會員有減少。」已經長達半個月新增會員人數是掛蛋現象。

「所以下禮拜要辦書展增加客源。」

「咦！」剛結束市長書展不到一個月，這麼快要舉辦下一個書展！王郡瑀看著傅忻明亮的眼神，瞬間有股不祥的預感。

該不會……傅忻接下來的話應證她內心所想的。

「詳細晚點再跟妳說，這次依然是我跟妳一起操辦書展。」

果然！雖然這次又是要負責書展，不過王郡瑀早已心態轉變，能和店長一起準備書展是件榮幸、高興的事情。

「是！我會努力的！」

傅忻看著她那雙澄澈的眼睛，真誠直率的模樣教人心頭產生異樣的波動。餘光眼角瞥見客人抱著書籍慢慢移動到櫃檯，他說：「等等那位客人結帳的時候，會給妳看證件。」

「為什麼？」

「他是唯一一個使用生日優惠需要看證件的，就只有他辦很多會員，使用太頻繁，之前我跟他說：『有跟本人確定過可以使用嗎？萬一本人要用，結果發現已經被使用過，我們會被投訴。』，最後他答應提供給我們看證件，證明是本人授權。」

「店長，高招耶！」王郡瑪豎起拇指比讚。

「不過他給的證件都是照片。」

王郡瑪轉身前去結帳，如傅忻所言，客人拿出別人的證件照片，要求使用生日優惠六五折，並要求打統編。

傅忻猜想客人買自己要看的書，利用公司報帳方式，讓自己不用付半毛錢就可免費看書，不知道哪一家公司這麼好康，願意給員工報帳買書？

傅忻思索間，王郡瑪送走客人，關上門準備打烊。

「店長，我好了。」

「好。妳先算帳，我們等等聊。」

在王郡瑪結帳的同時，傅忻將下週要舉辦書展的工作聯繫單重新看過一遍，核對備貨書籍的數量，採購的書籍預計這幾日會送達書店。

傅忻專注認真的模樣全入王郡瑪眼底，那雙低垂的眸子雖然淡淡的，但是非常的有吸引力，如同冬日的天空一樣明澈。

偶爾傅忻會等她下班，然後一起去吃晚餐。漸漸的，她期待每一天和他相處的時光、喜歡和他聊天，即使聊得是枯燥乏味的工作內容，她也甘之如飴，與他對眼的時候，心頭更冒出悸動的芽苗。

無聲的目光悄悄收回來，她竭力藏住自己的心思，深怕被對方發現。

她想，這就是暗戀了。

※　※　※

市長座談會圓滿結束，緊接而來是國外暢銷作家羅格契尼導師《與愛的對話》座談會，即將浩浩蕩蕩在學校及飯店舉辦。

這次選在某國立科大校園的會議中心舉辦第一場，時間訂於週一晚上七點整，第二場則辦在羅格契尼導師下榻的昆士蘭飯店，時間訂於週四晚上六點整。

週一下午四點，傅忻開著自家車和王郡瑀載著書籍前往科大校園。抵達校園，他們拉著手推車，來到大學會議中心一樓。學校安排學生協助，率先搬來桌子和椅子。

羅格契尼導師的書籍總共有四部曲，一部曲《我們之間》、二部曲《讓愛覺醒》、三部曲《身心靈的奧祕》、四部曲《與愛的對話》。

根據往年銷售狀況評估，每一部準備約一百本書籍，第四部新書現場準備三百本，販售模式和市長座談會差異不大，事先在書店打好ＰＯＳ機發票，以及備妥找零金，只不過這次販售的書籍較多，如果沒有留意，可能會發生發票給錯，造成店庫存不正常。

雖然有市長座談會經驗，王郡瑀依然緊張，這是大型場合，人潮比市長座談會一百人還多，預計會有三百人參加，這位國際級暢銷作家，每一年會來台舉辦座談會，舉辦的兩場從未有空席，聽傅忻所言，去年準備的書籍全數賣光，再加上今年老師有新書出版，估計銷售量會再創新高。

攤位準備就緒，一至四部曲書籍已陳列完畢，找零金和發票也準備好。傅忻抓準時間，趁空檔買兩人的晚餐，因為等會兒忙起來沒有時間用餐。

「郡瑀，我去買晚餐，妳一個人可以負責嗎？」

「可以！」王郡瑀想著，現在才四點多，沒有什麼人，自己一個人扛攤位沒有問題！

傅忻對於她應答特快，感到意外，鑑於上次市長座談會，中途把她一人丟在攤位，讓她忙到手忙腳亂，他以為她會答得很勉為其難。

「等等人會很多喔！」傅忻好意提醒。

「真的嗎？」可是會議中心外都還沒有人排隊呢！

「總之，有事情打電話給我，我會趕回來，知道嗎？」傅忻說著，晃了晃手裡的手機。

「店長，請放心！這次書展我會盡心負責！」充滿光彩的臉龐有著天真、活潑的氣息，教傅忻心頭微盪，忍不住淺淺一笑。

「那就麻煩妳了。」

傅忻離開後，王郡瑀閒來無事，主動再整理檯面，把書籍補得滿滿滿，不留一絲空隙。幾分鐘後，人潮突然湧入會議中心，許多人攜伴參加，或者號召一大夥人北上參加座談會。

粉絲年齡層非常廣泛，下至二十歲、上至五、六十歲的人都有。攤位設置在會議中心門口旁，見客人到來，王郡瑀露出招牌微笑，一口氣賣掉十本書籍。

果然如傅忻所言，人潮大量湧進，距離座談會開場前還有兩個小時，已有人在會議中心外排隊領號碼牌進場。

有了前次書展結帳經驗，即使忙到沒有時間喝水，甚至有點手忙腳亂，但不至於把場面搞得一團糟，或者無法處理混亂的場面。

現在她腦袋裡只想著，一定要在傅忻買飯的時候，穩住攤位，不想要在這個時候勞煩傅忻，能不能獨當一面就看這次！

一筆筆業績持續進帳，王郡瑀快樂似神仙，如果傅忻回來了，會不會誇獎自己能幹？她其實很希望收到他的讚賞和肯定，畢竟除了崇拜他，還有對他存有好感。

順順利利、在沒有遇到任何問題的王郡瑀，這個時候遇到一個棘手的難題。

「小姐，這本在講什麼？」客人拿起一本紅色書封的第一部書籍。

「呃，這本……」糟糕，她沒有看過老師的書，透過書名大概知道在講關係和愛，可是總不能這樣說。

「這本是老師的第一本書，是在講關係和愛……」結果她還是這樣說了……王郡瑀緊張地吞了吞口水。

「那是什麼意思？」

除了死忠的粉絲前來報名參加支持，還有許多第一次接觸老師的讀者。

「就是……」王郁瑀冷汗直流，焦躁地捏著雙手。

突然間，一道聲音如天降的奇蹟出現，成功化險為夷。

「老師目前有四部曲，第一部在說，人與人之間的前世今生糾葛，因緣來到今世相遇，在兩性關係中，扭曲、傷害造成關係破裂，老師用很多案例舉例透過夢的指引讓這段關係重修舊好，或者指引人們結束緣分。」

傅忻解釋得十分簡潔清楚，客人聽後露出滿意的表情。

「依你建議，如果剛入門，應該從哪一本看會比較好？」

「我們會建議您從第一部開始看。」傅忻拿起第一集遞給客人，「如果您有想看的主題，也可以跳著看，老師的作品都可以單冊閱讀，跳著看不會看不懂。」

一旁的王郁瑀呆呆看著奇蹟般出現的傅忻，他的存在感如同神的降臨，太讓人意外了，他又一次英雄救美拯救自己。

唉！王郁瑀沮喪地垂下頭，明明想要好好表現，讓傅忻誇目相看，沒想到還是失敗，讓他跳出來解圍。

客人細細品味裡面的內容，傅忻趁這時候加緊推廣新書，「第四集是老師的新書，今日座談會的主題大多會落在第四集，前面幾集老師會花小篇幅與大家聊天討論。」

考量老師座談會主軸在第四集，客人評估後說：「如果我全包，會給我優惠嗎？」

傅忻打鐵趁熱，「全包的話，優惠是七九折，您有考慮一起帶嗎？」

「好啊好啊！都來！」

傅忻轉頭示意呆愣在旁邊的王郡瑀，讓她趕緊把四本書裝袋交給客人，他則收下客人的錢，備妥發票和找零金交給客人。

「今天是第一次參加？」

「對啊，親朋好友之前一直推薦我看，但我還沒看，剛好陪朋友報名，手邊沒書，看見這裡有賣書，就來看看。」

「老師座談會會採用聊天問答的方式，不只有老師自己自問自答，他會以互動方式跟粉絲交流，祝您有個美好的夜晚，謝謝光臨。」

傅忻實在太厲害了，短短幾分鐘成功將一位沒看過老師書籍的客人推銷成功。

客人離開後，傅忻看向一臉憨憨樣子的王郡瑀，「妳為什麼這樣看著我？」

「店長，你好厲害，你看過羅格契尼的書？」王郡瑀沒有隱藏，臉上明明白白顯露出欽慕的眼神。

「沒有，我看這種類型的書會睡著……」傅忻說著，自個兒自嘲笑了。

「哈哈哈！可是你沒看過，為什麼你可以說得這麼詳細？我看文案寫得很隱諱，我剛剛完全不知道要如何解釋！」該不會說給客人聽得都是情急之下亂講？王郡瑀想了想，絕對不可能，店長不會在這樣的場子砸書店招牌。

「因為羅格契尼每年都來台灣，每一年書店都要配合他的座談會賣書，賣久了就知道，當他座談會開始時，我坐在外面聽著，聽久都會背。」傅忻邊說著，從袋子拿出熱騰騰的便當，其中一份遞給王郁瑀。

「店長，便當多少錢？」

王郁瑀作勢拿起錢包，傅忻推手拒絕，「這是出差賣書，可以報公帳，我有請店家開統編發票。」

外出辦書展這麼好，除了便當，還有一杯冷飲。

「等等座談會開始，妳可以進去旁聽，老師全程講英文，但不用擔心，旁邊會有翻譯人員。」傅忻優雅的吃著飯。

「呵呵……」王郁瑀乾笑，有點不情願，但是她沒有表現出來，「我其實沒有習慣看這類型的書。」

「哦？」傅忻沒想到王郁瑀同樣不喜好宗教心靈類型的書籍，「但妳如果不聽聽看、嘗試看看，會永遠不知道這本書在講什麼，要如何跟客人介紹呢？」

一語中的，王郁瑀宛如被打上一記悶雷。她從椅子上跳起來，急忙地自己剛才的行為解釋：「店長，你說得是！是我思慮不周，我等等一定去旁聽。」

傅忻一口飯差點噴出來，他嚥下去後，慢條斯理地拿著衛生紙擦擦嘴，爽朗大笑，「我鬧妳的，妳不喜歡旁聽沒有關係，我等等跟妳介紹一下每一集的大綱。」

「店長，我真的會去旁聽啦！」怎好意思讓店長親自替她這個無知的人解說，她自行去聆聽羅格契尼解說，也許別有一番體驗？

「妳太認真了，王郡瑀。」傅忻罕見叫起她的全名。他的聲音溫和低沉，不帶有一絲嚴謹，甚至飽含著致命的磁性吸引力。

說話間，伸手彈她額頭，「面對我時可以輕鬆、自然一點，不用拘謹。」

王郡瑀調皮地笑道：「那麼，店長，所以我可以以下犯上喔？」

「以下犯上不行，但可以對我直接一點，明確對我表現出喜怒哀樂。」

「要多直接？」

即使傅忻應允可以以下犯上，王郡瑀也沒膽子這樣做，職場倫理的道理仍要遵守。

「妳說呢？」

沒想到傅忻把問題丟回來，王郡瑀頓時不知道怎麼接，「這個問題的答案，容許我花時間好好想想。」

「別讓我等待久。」傅忻微微一笑，道出口的話卻有些引人遐想。

王郡瑀耳根子熱起來，害臊地勾了勾頰畔的髮絲到耳後。

傅忻和王郡瑀現在的相處會互相開玩笑，王郡瑀比較呆，時常會把玩笑當真，偶爾行為很誇大，搞得傅忻笑得合不攏嘴。

她露出靦腆的微笑，看了一眼傅忻，轉頭凝視會議中心外的排隊人潮，大門口處鬧哄哄一片，她聽見有人高呼誇獎老師的書非常好看、老師人很親切、老師長得很帥，老師……一堆捧老師的話在場外傳遞十分迅速，大家都為同好，可以看見許多人齊聲附和，還有人說要一輩子追隨老師。

「他們好瘋狂，狂熱信奉教主、崇拜教主，之前不是很多新聞嗎？有些導師會利用信徒做些不良行為，還有斂財等等。」這些不良行為不好意思開口，王郡瑀猜想，傅忻知道她指的是什麼。

「據我所知，羅格契尼沒有這類的負評。」傅忻想起一件很好笑的事情，索性分享：「有個很好笑的事情跟妳說，去年是我和芝瑜一起來辦展，芝瑜當時就說：『邪教教主，每年都來斂財。』」

「她好敢說喔！」王郡瑀小心翼翼地左右張望，目前攤位剛好沒客人，才可以這樣暢談羅格契尼，「她說這話沒有被其他人聽見？」

「沒有，羅格契尼的書賣得真得很好。」

今年座談會，書店在第四集的備貨量創新高，以往準備一百本，考量到羅格契尼的魅力非常大，新書備貨量有三百本。

「如果真被聽到，我認為會被這些瘋狂粉絲毆打。」王郡瑀用著氣音說道。

「但說斂財……」傅忻沉吟了會，「聽聽就好，她開玩笑的，羅格契尼其實有在做公益，他的巡迴座談會有一半的基金是捐給公益。」

「那我希望他繼續斂財。」王郡瑀開玩笑地說，因為這樣可以繼續捐錢給需要的人。

傅忻笑了笑，將用完的便當闔上，裝至塑膠袋。王郡瑀同時間用餐完畢，傅忻連同她的垃圾一起拿到地下室廁所旁的垃圾桶丟棄。

傅忻返回的時候，攤位前湧進大量人潮，趕緊上前幫忙，販售業務主要由王郡瑀負責，介紹部分由傅忻負責，原本打算用餐後跟她解說四本書的概要，但人潮實在太多，應接不暇。

新書第四集目前銷售量最佳，座談會開始前，已售出兩百本，剩下一百本，再加上持續收到團購單，這些團購單統計數量約有兩百本，等傅忻回店後再處理。

座談會前，傅忻同樣事先向出版社追加第四集總計三百本，預計再印後直接去業調倉撿書。

人潮來得一陣一陣，三十分鐘後，空檔時間來了。

鄰近晚上七點，王郡瑀好奇到外面一看，發現隊伍已經排到會議中心旁的庭園裡面，紅色排隊線呈S型繞得一圈又一圈，現場工作人員拿著大聲公說明待會進場後的注意事項，座位安排採取先排隊者先行入座。

「要準備開始了，看得我都興奮啦！」

「郡瑀，過來。」

傅忻朝王郡瑀招了招手，她蹦蹦跳跳的返回攤位。

「趁現在有時間，我來說明一下四集概要。」見王郡瑀預備拿出筆記本，傅忻制止，「筆記就不用拿，立刻用腦袋記起來，知道嗎？」

「第二部《讓愛覺醒》在講婚姻中的難題，裡面提供一百個難題的見解，以及老師自己和信徒的對話，透過西藏古老的智慧，來解釋婚姻中的愛是何物、第三部《身心靈的奧祕》用一則小故事，將主角從小到大心靈的成長及演變，以及生老病死的觀點去訴說、四部曲《與愛的對話》結合前面三部曲的精華，重新闡述真諦。」

傅忻說完後，靜悄悄的氣氛蔓延開來。他無聲等待著她的回應，而她則露出呆滯的表情。

……傅忻在說什麼？天哪！好複雜，感覺在聽火星文，他明明講得是中文啊！王郡瑀抹著臉、抓著頭髮，思緒變成一團亂的死結。

「哈哈哈哈哈！」

王郡瑀噘著嘴，看著捧腹大笑的傅忻，她不禁在心裡腹誹：我說，店長大人，你的氣質跑去哪啦？

「店長，有這麼好笑嗎？」

「當然，妳聽得懂我剛才說什麼嗎？」她的表情很明顯就是不懂！見她糾結的樣子，傅忻忍不住調侃，逗弄她這件事情，此樂不疲。

王郡瑀正經八百的回答，沒有聽出傅忻話語中的戲弄意思，「中文聽得懂，但很難馬上吸收每一集的重點。」

傅忻不厭其煩地說：「那我再講一次。」

「店長，您辛苦了……」汗，這一次她決定要靠筆記本來致勝！如果再不背起來，愧對店長的教誨。

「不不不，一點都不辛苦，要我講解幾次都可以。」言下之意，看她背不出來的窘樣，他最高興了。

這一次，傅忻條理清晰地解釋一遍又一遍，講解時，甚至拿起書本，透過書中的句子指明給她看，加深她的印象。

王郡瑀抄好筆記，可是沒有時間背誦，客人一窩蜂湧上攤位，只好先服務客人。七點過後，粉絲接續進場，會議中心外的排隊人潮逐漸變少，攤位前的客人剩下零星幾位。

這時候，傅忻拋來一句震撼的話，「中場休息時，換妳幫客人介紹，我來收銀。」

「咦……這、這麼快要上戰場啊？」冷汗一滴一滴直流，王郡瑀非常擔心，她到現在還沒背呢。

「嗯哼，是時候給妳機會表現了。」

在沒有背起來前，她不想要表現。不過面對傅忻給予的囑託，她便覺得要把這件事情做好，這肯定是他給的考驗。

「是，我會好好表現！」

會場大門關閉，座談會正式開始。人在外面的王郡瑀可以聽見裡面震耳欲聾的尖叫聲，彷彿來到演唱會現場，羅格契尼擁有一道好溫嗓，他的聲音用來訴說書中的內容十分貼切，身旁的翻譯人員在他說一段話後，靈活快速的翻譯。

「店長，我進去看看。」王郡瑀放輕腳步，溜進會議中心。

傅忻操辦過很多次羅格契尼的座談會，對裡面演講內容沒有太大興趣，便讓王郡瑀進去旁聽，見見世面。

趁著空閒時間，他開始把書籍補貨至檯面、清點剩餘書籍和已販售的書籍加總後是否符合總數量，最重要的是發票剩餘數量。

攤位整理完畢，他坐在椅子上悠閒地滑手機。

約莫三十分鐘後，王郡瑀回到攤位。一入坐，她立刻揉揉小腿，裡面位置全部坐滿，找不到任何空位，再加上她是偷溜進來的，所以站在靠近大門的門邊聆聽。

「怎麼不多待？妳破紀錄了。」傅忻沒有抬頭瞧她一眼，先前王郡瑀早已說過對宗教心靈類書籍不感興趣，能撐這麼久，讓他有點意外。

「啊？」

「芝瑜去年待了三分鐘就出來了，她說她自己聽下去會先腦溢血。羅格契尼有一種領袖魅力，會讓人聽著忍不住崇拜、信任、跟隨。」

「我很認真聽他說故事耶，他講了一個故事，故事裡面包含前面三集的概要，而且羅格契尼滿幽默的，大家笑得樂不可支，我看每個人臉上充滿迷戀的表情。」說到這兒，王郡瑀忍不住起雞皮疙瘩，感覺一度步入邪教催眠會場。

傅忻揚唇笑道：「妳可以入境隨俗，這樣才顯不突兀。」

「給我一百萬讓我進去，我也做不到。」王郡瑀一臉嫌棄。她拿出筆記本，決定背書比較實際，傅忻的解釋比較客觀，簡潔有力，方便背誦。

傅忻沒吵她。兩人各自忙自己的事情，一個小時過後，會議中心傳來轟動如雷的掌聲。

「郡瑀，準備嘍。」傅忻笑意盈盈地提醒，見她如臨大敵的樣子，又說：「下半場業績靠妳了，今天我們能不能空手回家，重責大任都在妳身上。」

哇啊！是你店長還是我店長？王郡瑀傻眼地看著傅忻。

「店長，我們要同甘共苦、齊心努力！」她試圖扭轉場面，拖店長下水，總比一個人奮鬥好。

「上半場喊得口乾舌燥，喉嚨不太舒服，郡瑀，我信任妳，相信妳不會讓我失望，是嗎？」

可對方用著一張溫柔無害的笑臉來應對，搞得她只好硬著頭皮承接這份猶如千斤大石頭的責任。

「店長，我會努力的！」

中場休息時間，大門一開，許多人紛紛湧出來，成群結隊分成多面方向，有的人前往廁所，有的人聽完導師的故事，決定要多買幾本書，有的則往外走，跑去外面抽菸聊天。

王郡瑀打起精神，上前招呼：「看看喔！」

一些婆婆媽媽和年輕人聚集在攤位前，七嘴八舌討論上半場座談會的內容，誇耀導師講的內容多好，再推銷給其他人知道。

「您好，這是老師的新書，是系列的第四集，內容主要是結合前面三部曲的精華，重新闡述真諦。」王郡瑀見其中一位客人拿著第四集，貼心在旁推廣解說，依循傅忻上半場模式。

儘管她私心認為，這些粉絲們早就對導師的書籍滾瓜爛熟，不需要解釋，不過店長就在旁邊盯著，身負重責大任的自己，至少要卯足全力表現。

「那這本呢？」客人手裡拿著第二集。

「第二集是在說，有一百個見解，然後婚姻中……這個……」婚姻什麼來著？糟糕，明明有背起來，為什麼看見客人的臉就忘記了。

王郡瑀伸手摸起放在椅子上的筆記本，決定瞄一眼就好。她沒有注意到這個舉動悄悄落入傅忻眼底。

傅忻沒說什麼，由著她去。能看得出來王郡瑀很努力想把這件事情辦好，這值得鼓勵嘉獎。

「謝謝光臨。」他的嘴角掩藏不住笑意，眉開眼笑接過客人遞來的書款。

「第二集是說，我們婚姻中遇到的問題，老師透過和信徒的對話，提供見解。」有了筆記本助陣，王郡瑀順利將傅忻說的轉變成自己能記憶的語意說給客人聽。

「好，來一本。」

耶！太棒了，她成功推銷一位客人！王郡瑀笑著一手交錢一手交書。

隨著會議中心越來越多人湧出，攤位前擠得水洩不通，滿滿人潮中，許多隻手拿著書籍，喊著結帳，王郡瑀眼睛快要花掉，很怕忙碌起來，沒有留意到客人沒給錢就摸走書籍。

「我要四本全包！」

「好的，總計一〇二〇元。」

剛接過客人遞來的書款，王郡瑀還來不及找零，一轉眼，客人就不見了，驚得她趕緊大喊：「小姐、小姐！等等妳的找零！」

接踵而來的是，下一位客人語速很快，王郡瑀反應速度過慢，壓根沒聽清楚客人的需求。

「第一集三本、第二集兩本，第三集一本，第四集五本，幫我用紙袋裝起來！」

「第一集三本，第二集三本……」王郡瑀一邊嘴上叨著，手不停歇抽起書籍。

客人打斷她，「不是啦，第二集兩本，第三集一本，第四集五本。」

「抱歉抱歉，馬上準備好，總共是四千一百七十一元整。」

下一位客人提出一個王郡瑀聽都沒聽過的問題，「老師剛剛提到如果對業力有興趣，要看哪一本？」

「呃，業力？」

哪一本是講業力，糟糕，她不知道啊！好像有看過某集裡面有提到業力？快動腦想啊，她的金魚腦！王郡瑀求救般看向傅忻，這一回沒轍了，需要援手！

正在結帳的傅忻游刃有餘抽起一本書遞給客人，「第二集。」

「那我買這本。」客人從皮夾抽出一千元。

「謝謝光臨。」王郡瑀鬆了口氣，接過書款，找零給客人，緊接著再應付下一位客人。

接下來遇到詢問業力的客人，王郡瑀已經知道要如何介紹，隨著接觸的客人越多，她漸漸習慣，介紹每集概要內容時，變得得心應手許多，向傅忻求救的眼神逐漸減少。

隨著休息時間結束，攤位前的人潮開始遞減，不少人已回到位置，準備下半場聆聽導師的座談會。

攤位檯面上的書籍剩下零星幾本未賣完，傅忻和王郡瑀馬力全開招攬客人，試著盡快完售。

「嗨，傅忻，今天業績好嗎？」一位燙著復古羊毛捲頭髮的女孩來到傅忻身邊。

傅忻揚起標準溫柔式微笑，「郁希，今天賣得很好，快售光了。你們今天也來聽座談會？」

王郡瑀好奇投去一眼，他們說話方式十分熟稔，關係不錯，不過這女生是誰呀？長得好像洋娃娃。

「哈哈……今天陪作家來……」梁郁希回答得很勉為其難，可以聽得出來半途中話鋒轉向，「聽座談會吧。」

聽起來不像。傅忻揚了揚眉，沒有說破，當他視線一轉，發現站在會議中心入口處的高大男人就知道怎麼回事。

「辛苦了，祝你們取材成功。」

梁郁希萎靡地點了點頭，「希望可以一次成功……」

「別無精打采，能和這位高人氣作家合作是件好事，有他在，業績強滾滾，我們書店的業績還要靠你們！」傅忻打趣地說。

梁郁希發出悲鳴的聲音，「我們現在要仰賴他、靠他吃飯，我好可憐喔！你不懂的，不懂的。」

傅忻不明白不懂什麼？梁郁希原本是很熱血的年輕人，自從被總編要求接下陌語這位人氣作家的責編後，有時候上樓去出版社辦公室辦理事務，看見她黯淡無光的臉龐，不禁狠狠一驚。

人氣作家真的很難搞嗎？可是他沒有聽說過陌語的負評。

梁郁希還想再說些話，餘光眼角瞥見作家邁開長腿往戶外而走，她趕緊大喊：「蘇老師，等等我！」然後一面對傅忻拋下一句話，倉促追上去，「傅忻，我先去找人，祝你們完售！」

梁郁希離開後，王郡瑀湊上前，好奇問道：「他們是誰？」

「她是出版社同仁梁郁希，妳知道這個月新書《地下道》嗎？」

「嗯嗯知道，賣超好的恐怖小說，光是上市後，店裡就賣出百本以上，我是他的粉絲！」

以往書店銷售較佳的都是建築、食譜、圖文類型，文學小說普遍賣得比較不好，能上市當月售出五十本以上，都算很好的成績。

傅忻詫異的挑眉，「妳喜歡看恐怖小說呀？」

「對啊，他的每一本書我都有買，店長，你應該看看，他的書比羅格契尼好看多了，描寫的句子超級有氣氛，看了忍不住瑟瑟發抖。」

王郡瑀談起小說，說得口沫橫飛，一雙眼睛熠熠生輝。

「《地下道》的作者就是剛才站在門口的那位先生，梁郁希是他的新任責編。」

由於那個男人是背對攤位，王郡瑀沒有看清真正樣貌，他的身材高大結實，用眼睛比對下，似乎比傅忻高出一顆頭，那頭霧藍色髮十分顯眼，再加上燙著時下流行的紋理燙，光看背影有韓系歐巴的氛圍。

「咦！店長，你太慢說了，我超想見他廬山真面目！」

陌語雖然人氣高，但沒有辦過簽書會，從未在眾人面前出現過，以至於身為鐵粉的王郡瑀光看背影，完全不知道是何人。

「啊！！！我想見他！」

見她一副扼腕的模樣，嘴上嚷著陌語，甚至還跑出會議中心找人，聽在傅忻耳裡，突然一陣不適滋味。

「書還沒賣完，有客人上門。」他的臉色倏地轉陰。

「來了！」聽見傅忻喊著，王郡瑀戀戀不捨收回目光，溜回攤位。

送走買書的客人，王郡瑀開始自個兒聊著陌語每一本小說的精髓，他的書重新看了很多次，看到已經能背起裡面經典的場景和句子。

傅忻沉默地聽著她喋喋不休，沒有出聲打岔。他沒有想到陌語居然會讓她這麼有話說，一張嘴說不累嗎？

「店長，陌語很難搞嗎？梁小姐好像很多事情想要抱怨，但是無法說出口。」王郡瑀可以從剛才梁郁希的表情察覺出端倪。

王郡瑀罕見提問，傅忻還以為她要兀自說下去，不給人機會說話。

「據我所知，沒有這回事，可能工作壓力大，畢竟是人氣作家，也許有不為人知的習慣，一時間郁希難適應，改天我再關心她。」

傅忻跟出版社的關係不錯，平常會在群組稍微聊天，作家們的八卦、編輯群的八卦，他多少知道一些，唯有陌語這位作家非常神祕。

「店長，陌語會來出版社嗎？如果他來了，梁小姐會不會跟你說？如果有跟你說的話，可不可以通知我？我想看看陌語。如果能看見陌語，我死也甘願～」

「……」

她對陌語的狂熱喜歡不比羅格契尼的粉絲遜色，說別人是邪教教主，他看，陌語才是邪教教主，斂財能力不輸給羅格契尼——傅忻心裡出現這麼一句結論。

「店長，你知道嗎？我只跟你說喔，陌語的每一本書，我都買兩本，一本收藏，一本重覆閱讀。」

從剛剛開始，王郡瑀話題不離陌語，傅忻從一開始耐心傾聽，聽到後面已有疲勞出現，陌語這個、陌語那個，越聽越煩躁，而且當她說著陌語時，臉上嶄露的欽慕表情，竟讓他心裡有些吃味。

以往這種眼神是出現在自己身上，而不是出現在別的男人身上！

她可以不要再提到那個斂財作家嗎?!

突然衝動之下，傅忻雙手捧住王郡瑀的雙頰，強迫她的雙眼對上自己。

「王郡瑀，專心賣書，妳再說一次，我有辦法讓妳見不到陌語！」

當傅忻充滿磅礴性的發話，王郡瑀這才閉口，怯怯的目光發現他正鐵青著臉，小心肝抖了一下。

完蛋了，她一時高興就得意忘形，差點忘記這裡是羅格契尼會場，不是陌語會場，而且還在工作時間聊著跟工作無關的事情。

店長肯定生氣了！

「是，店長，我會努力把剩下的書賣掉！」王郡瑀隨之稍息立正，看見一位客人慢慢靠近，她熱情地招呼：「小姐，有看過導師的書籍嗎？需不需要我幫您介紹？」

鬆手的傅忻抿著雙唇，煩躁地敲著桌面。他剛才不應該這樣說，她如果腦筋轉得快，會意識到言下之意，如果她安靜的話，他會讓她見陌語。

不，想都別想！

在王郡瑀三寸不爛之舌的推廣下，檯面上剩下約十本書。下半場座談會已開始，王郡瑀見客人全進場，坐下來休息，竊喜著剛才傅忻說的話。

聽傅忻話裡的意思，有辦法讓她跟陌語見面囉？嘿嘿嘿！

看著近乎空蕩蕩的檯面，王郡瑀詢問下一步行動，「店長，我們要待到座談會結束嗎？」

「對，不過可以先準備收拾東西，我們回家前要先回一趟書店，把零用金、放發票的盒子、推車等等送回書店。」

「好的，沒想到羅格契尼的書賣得這麼好。」

對於能提早收攤回家，王郡瑀非常高興，短暫兩個小時的販售，彷彿歷經一場打仗，疲勞轟炸到她的肩膀和腰痠痛不已。

「不能小瞧斂財實力。」傅忻壓低嗓音，在她耳邊輕輕說。

王郡瑀噗哧一聲笑出來，發現附近仍有零散的粉絲尚未入場，她笑得非常隱晦。

「我們要靠羅格契尼斂財，他是我們的金主。」

一個小時後，座談會準時結束，人潮再次蜂湧而出，工作人員在入口處指揮，讓散場者依序離開。

攤位前來了零星的客人，把剩餘的十本書買走，讓傅忻和王郡瑀返回書店時，不用辛苦再扛書回去。

兩人稍早已收拾得差不多，後續只剩把零用金算過一遍，核對今日的營收。

突然腹部一陣絞痛，可能是冰飲一口氣灌太多，腸胃不適應。王郡瑀按著肚子，「店長，我可以先去廁所嗎？」

「趕快去，廁所在地下一樓。」

「馬上回來！」怕耽誤太多時間，王郡瑀告知自己會盡快趕回。

「沒關係，妳慢慢來就好。」

會議中心有地下兩層，地下一樓專門擺放會議中心內部的補充桌椅，以及設有一區域的停車場管理中心，地下二樓是汽車停車場，專門提供外賓到訪時使用，校內教師則停於校園內露天停車場。

男女廁位在停車場管理中心的對面角落，旁邊是擺放桌椅的倉庫。王郡瑀循著標示來到女廁，找了第二間座式馬桶。

擔心把後續收拾丟給傅忻一個人，王郡瑀只蹲了不到三分鐘，匆匆穿好褲子離開。洗完手步出女廁的她，經過男廁時，裡面傳來一下又一下的關門聲音。

砰、砰、砰！

規律的撞擊聲，似乎有人在惡作劇將門打開又甩上，反反覆覆響了多次。

可是此時的男廁電燈沒有亮，裡面黑漆漆一片，王郡瑀感到困惑，探頭而視。她慢慢走進去，一面尋找牆上的燈鈕。

「誰在裡面？」

當她這麼對著黑漆漆的廁所詢問，回應她的是窒息的沉默。走到一半的王郡瑀感到不對勁，裡面似乎有一道淺淺的呼吸聲。

哪個神經病窩在黑漆漆的廁所？然後又不說話？

當下，她立刻轉身離開。黑暗中，一隻手無聲無息伸出來，輕輕搭在她的肩上。

「嘿。」

「啊！！！」王郡瑀大叫了聲，拔起腿就想離開，沒想到搭在肩上的手竟扣住肩頭不放，嚇得她卯起來扭動掙扎。

身後響起戲謔的輕笑聲，在黑暗中像極魔魅的聲音，勾起王郡瑀內心的恐懼，用百米的速度奔出廁所，朝通往一樓的樓梯疾奔。

豈料，埋頭狂奔的王郡瑀與正要下樓的男人撞了正著，失去平衡的身子朝樓下滾去，和她對撞的男人伸出手想拉住她，卻跟著一起摔下去。

「哇啊！」

重響迴盪在靜謐的地下一樓空間，下一秒樓梯間傳來一道女性聲音：「蘇瑾陌，你又再鬧事！」

全身痠痛、躺在地上的王郡瑀眼冒金星。她動了動雙手，發現其中一隻手正被人抓著，循著手的主人看過去，驚異地喊道：「店長，怎麼會是你?!」

王郡瑀摔得四肢痠痛，傅忻也不遑多讓，他的下半身是被她壓著，手肘擦破皮流血，此時不舒服的皺著眉頭。

「傅忻，你沒事嗎？」蹲在他面前的是稍早見過面的梁郁希，剛才喊人的就是她。

「我有事。」傅忻沒開玩笑，他感覺到腳踝骨折了。

「哇，怎麼會搞這麼嚴重？」聲音的主人慢慢走過來，閒散的態度似乎對於造成他人摔傷不以為意。

「蘇謹陌，你這次玩得太過火了！居然害到別人！」梁郁希劈頭就罵，沒再管他的身分，連老師的稱謂都懶得稱呼。

「我不知道她這麼不經嚇。」他聳聳肩，輕輕鬆鬆一句就把責任撇得一乾二淨。

躺著莫名其妙被插一刀的王郡瑀眼角抽搐，神經病不開燈窩在廁所是要幹嘛？任誰都會被嚇一跳！

「快點過來幫忙。」梁郁希催促道。

蘇謹陌沒動手幫忙，而是懶洋洋地問王郡瑀：「妳需要幫忙嗎？」

王郡瑀這時才正式把目光放在神經病身上，那頭顯眼的霧藍髮色是屬於陌語老師的招牌特徵。他的膚色白皙，五官十分精緻，有一種書生的氣息，與其用帥氣形容，不如說是俊俏，宛如天使的臉孔，年齡看似只有二十二、三歲。

「你是陌語老師?!」

「嗯哼。」

「……」她從未想過老師的真面目長得像奶油小生，她並不認為這樣的男生很娘，反而有一股神奇的魅力，韓系歐巴是時下最流行的風格。

「我需要幫忙！」王郡瑀兩隻手伸出來，看見偶像就在眼前，她顯然忘記剛才被偶像嚇得屁股尿流的蠢樣。
蘇謹陌將她拉起來，她卻絲毫沒有想鬆手的意思。
「老師，我超喜歡您寫的書，好高興可以看見您本人！」
「謝謝妳的喜歡。」
處於看見偶像正在亢奮的王郡瑀沒有感覺到一道寒冷的目光正瞪著自己，兀自拉著蘇謹陌的手，大聲聊著自己累積多年的崇拜心得。
傅忻又惱又怒，她忘記自家主管正躺在地上動彈不得嗎？
梁郁希瞧著，偷偷笑了笑，傅忻的同事怎麼那麼有趣，才被嚇得從樓梯上摔下來，現在居然看見罪魁禍首，快樂搖著尾巴。
傅忻清清嗓子，試圖轉移王郡瑀的注意。這招顯然有用，她中斷和蘇謹陌的告白，想起還有一個人躺在地上。
「店長，你哪裡不舒服？」
傅忻冷冷地指著自己的右腳踝，「腳，骨折了。」

【第七章】

傅忻的太太，傅忻的女友

救護車將受傷的傅忻載走，身為下屬的王郡瑀理所當然跟隨前往醫院。在王郡瑀去廁所的途中，傅忻已將東西收拾完畢，剩下只須搬上車，載回書店即可。

然而被送往醫院的傅忻沒辦法把剩下的事情做完，王郡瑀陪伴在側，載回書店的任務就交給梁郁希。

畢竟罪魁禍首是梁郁希負責的作家，可憐的她只好幫傅忻的忙，開著他的車，和蘇謹陌把東西載回書店。

離開醫院的時候，王郡瑀堅持要陪行走不便的傅忻，兩人搭乘計程車返回傅忻的家中，車資費用王郡瑀固執的不讓傅忻付款。

傅忻的家是社區型大樓，裡面有四棟，他住在其中一棟的十五樓。把人送到大門口後，傅忻催促她離開：「很晚了，妳先回家。」

「店長，我送你進去。」雖然傅忻有拐杖可以支撐自己行走，不過王郡瑀攙著他一邊，說什麼也不肯鬆手。

「沒關係，女孩子不要太晚回家。」

「都是我走路沒看路，害你受傷，請讓我有機會謝罪！」王郡瑀說得語氣激昂，看在傅忻眼裡覺得失笑，當時在現場時，沒見她這麼愧疚。

「快回去。」

「不要！」

「回去。」

「不要不要不要！」

傅忻一臉無可奈何，在這樣僵持下去不是解決辦法，他沒有想過王郡瑀固執起來像顆大石頭，冥頑不靈。

一個念頭如流星般掠過腦海，他不自覺的矢口而出：「既然妳想要謝罪，那明天下班後來幫我送晚餐。」

王郡瑀眨巴雙眼，過了幾秒鐘才反應過來，點頭如搗蒜，「好！明天下班我會來送晚餐！就算你要吃三珍海味，我也可以買過來！」

言下之意，傅忻明天會請假。

聽見王郡瑀這麼照顧自己，傅忻心情好了許多，漸漸淡忘在地下室被她氣的情緒，至少她還是很關心他的。

「明天妳和芝瑜會比較忙，兩個人沒問題嗎？」要不是真的身體不適，他不會請假，丟下兩人應付店務，平常三個人很忙，剩下兩人可想而知。

「店長，你放心休息，我和芝瑜絕對會把店務打理得井井有條！」

看著王郡瑀信心滿滿，傅忻依舊不放心，想了想，他決定向後勤求救，讓後勤明天暫時在書店支援一天。

離開前，王郡瑀不放心，再詢問一次，「店長，你一個人真的可以嗎？你看起來很痛。」

幸好是不嚴重的閉鎖性骨折，只需要打石膏固定，不需要開刀治療，定時回診檢查狀況即可。

「沒事，休息就好。」

王郡瑀露出質疑的表情。

「真的，沒事。」傅忻溫柔的笑了笑。

其實不是沒事，而是非常不舒服，只是不想要王郡瑀擔心，如果讓她知道他真的很不舒服，她肯定要跟上樓。

不讓她跟，並非礙於她是異性，或是家中不喜歡他人拜訪，而是時間太晚了，現在已經十一點，明天她還要去上班。

「店長，早點休息，明天見！」王郡瑀知道病人需要時間休息，於是不再打擾，趕緊返回家中。

「明天見，到家記得傳訊息給我。」身為主管，他必須確保她平安到家。

「好哦！」

※　※　※

沒有店長控全場的書店，店務變得稍顯凌亂，王郡瑀和李芝瑜忙到沒有時間喝水，來支援的後勤因長時間待在辦公室，對書架上的書籍擺放位置不是很熟悉，能支援的店務頂多接電話、結一些簡單基本的帳。

幸好在三人的努力下，成功完成一日店務，沒有發生重大錯誤，完成對傅忻的保證。

下班後的王郡瑀在訊息中和傅忻敲定晚餐，跑去夜市買了兩份海鮮粥品，和他一起共進晚餐。

傅忻主動約晚餐耶~王郡瑀以為只負責把晚餐送過去而已，沒想到要她再多買一份，在他家一起吃。

昨天晚上沒有機會進傅忻家，不曉得他家是什麼模樣，社區大樓的外觀是歐式建築物，靠近捷運站，價格肯定不菲。

剛踏進大門口的王郡瑀立刻被攔下來，「小姐，請問妳要找誰？」

「我要找A15-2戶的傅先生。」

傅忻事先有說過，社區管理森嚴，警衛會登記訪客，並留下證件資料。

「有和他聯絡過嗎？」

「有的。」

「幫我留下證件。」

「好的。」

王郡瑀把證件交給警衛後，循著警衛的指示來到A棟，搭乘電梯前往十五樓。十五樓總共有三戶，傅忻住在電梯出口往左拐，靠通到盡頭的第二戶。
按下門鈴，沒過幾秒鐘，大門開啟。
「店長，我來送晚餐了！」
「今天辛苦了。」傅忻白天有從後勤那邊回報店裡的情況，他們忙到中午沒辦法好好用餐休息，倉促用餐三十分鐘後就開工。
「不辛苦，快點趁熱吃。」
王郡瑀提著粥品，踏進傅忻的地盤——
地板是淺色的大理石紋，顏色大多使用黑、灰、白三種低飽和色調為主，家具部分是複合型的家具，灰色的沙發呈現出簡約的俐落感，白天的時候，拉開的窗簾可以利用自然陽光在室內營造出純澈的視覺本質。牆壁隱藏許多收納式的設計，一方面增加空間的寬敞視覺，另一方面則營造出舒適感。
整體來說，展現出高貴優雅的美感，也很符合傅忻的裝潢風格。
「店長，你家好大。」除了讚嘆，王郡瑀不知道如何形容，就連踩在地板的雙腳都小心翼翼。
「其實只是採用一些收納式設計，牆壁隱藏許多祕密功能。」傅忻慢慢走向沙發，行走的速度極為緩慢，「下班後隨意稱呼，不用叫我店長。」
「那我應該要如何稱呼？」叫小忻、阿忻似乎怪怪的。

「叫名字就好。」

王郡瑀先在心裡默念，然後緩緩地開口：「傅忻。」她的聲音咬字清晰、語調柔和，隱隱帶著一絲害羞的意味，聽在傅忻心中好像被羽毛輕輕撓過。

望著王郡瑀靦腆的微笑，傅忻心慌意亂的別過視線，率先坐下，並鎮定自若地朝她發話：「坐，我不是讓妳來這裡罰站。」

一個口令一個動作，王郡瑀搞笑的舉動瞬間讓傅忻方才亂了序的心跳逐漸恢復正常，他笑著沒有說話。

沙發很大，但王郡瑀選擇坐在傅忻身邊，她沒有想很多，不自覺得選擇坐在他旁邊。湯匙擱在桌上，電視正在播放新聞，一切準備就緒，可是誰也沒有開動。

「那我們可以開動了嗎？」

「趕快吃！」

未來一周時間，傅忻因為行動不便，很難在上班的時候搬書，搬書是書店必備的工作內容之一。於是這周店務都由李芝瑜和王郡瑀擔當大樑，再者沒有遇到棘手的店務，所以兩人處理得綽綽有餘。

以往傅忻習慣手動整理，沒有買掃地機器人，受傷後，整整一周，家裡沒有打掃，他只能做簡單的事務，例如洗碗筷。其餘掃地、拖地、倒垃圾等這些需要長時間走動的事務無法處理。

這些瑣碎的事情交給充滿熱誠的王郁瑀包辦，原本傅忻不想讓她做粗重的事情，來者是客，她每天又忙又累，下班後堅持要送晚餐過來。

傅忻拗不過她，在晚餐餐費的部分，就由他負責支出，當作她出勞力，他用金錢購買她的時間。

週六上午十點，王郁瑀準時抵達傅忻家的住處，不論她和他多熟，按照規定，必須在警衛處登記並留下證件。

警衛每天看她提著餐點，平日約莫晚上八點半左右抵達，沒想到假日早早抵達住處，似乎關係匪淺喔！警衛在王郁瑀拿證件的時候靜靜打量，他知道傅先生腳受傷，這女孩長這麼年輕，不可能是看護。

「這個是傅先生的包裹和信件，妳有空手一起拿上去？還是等等再下來取？」警衛將傅忻的包裹一箱，及一封掛號信放在桌上。

「沒關係，一起給我，搭電梯很快！」王郁瑀懶得跑第二趟，先把信件塞入包包，再單手把包裹扛起來，幸好包裹很輕。

「妳每天都來找傅先生？感情很好齁！」無心當八卦王的警衛忍不住曖昧地眨了眨眼，據他所知，A15-2的傅先生是單身漢，從任職五年警衛到現在，從未見過女性來找傅先生。

王郁瑀臉倏地漲紅，抱住包裹的手差點一滑。

怎麼這警衛眼睛如此銳利呀？她表現很明顯嗎？臉上寫著我喜歡傅忻？要不是現在沒有

手，她會馬上摸著自己發燙的臉頰。

如果是女朋友就好了，可惜不是。身為下屬不能讓主管身陷流言蜚語，澄清是必須的！

她乾笑著，試著開口解釋，「哈哈哈，其實……」然而，未得及開口，警衛將頭調向她身後。

「李太太，您好，來取包裹嗎？」

「對呀。」

警衛和其他住戶兀自聊起來，想解釋的王郁瑀乾巴巴的闔上嘴巴，而且手上扛好多東西，不得以，她只好先上樓，心裡盤算著，如果回家時有遇到警衛，再好好解釋。

可是她沒有想到，離開傅忻住處，原本的警衛早已輪班，這件事情被她拋在腦後。

王郁瑀天天報到已滿一週，傅忻嫌麻煩，將密碼交給她，讓她抵達住處時，自個兒輸入密碼進入，但她覺得基於禮貌，輸入密碼前，會先按一下門鈴，通知他有人來訪。

推開門，王郁瑀精神百倍地喊了聲：「傅忻早安！」

她將從超市買來的蔬菜、水果，肉品放在餐桌上，一面評估待會中午要料理何種菜色。她對煮飯不是很熟練，但是會煮簡易的湯麵。

等等用完餐，她還要陪他回門診，回診後，要返回住處幫他打理家務。

默默在心裡計畫著後續事宜，王郁瑀把食材放入冰箱，等了許久都沒有傅忻的回應，於是朝著房間走去。

她敲了幾下門板，在外頭等了幾秒鐘，又喊了一次。

「傅忻，我進去囉？」

說完，她擅自推開門。他行動不便，萬一跌倒昏迷，還是發生其他意外，會很糟糕。

王郡瑀沒有大喇喇踏進傅忻的地盤，房間是比房子更私密的地方，儘管他給她密碼已經很受寵若驚了，她自認沒有資格未經同意就闖進他的房間。

房內飄著一股擴香瓶散發的淡淡香氣，陳設簡約淡雅，環境乾淨整潔，他躺在床上睡得正香，棉被蓋住半張臉，露出一雙閉合的眼睛。

王郡瑀不禁癡癡蹲在地上看著他的睡顏，能近距離欣賞店長的睡相，只有這個時候。

店長平時行為舉止很斯文，完全不具有威脅性，如今沉睡的他增添一股祥和的氛圍。

屋外的陽光從未闔上的窗簾穿進房內，在他臉上投下一層光圈。王郡瑀起身，躡手躡腳來到窗邊，將窗簾緊密拉上，然後無聲無息地退出房間，留給傅忻一個寧靜的睡覺空間。

離開房間的王郡瑀來到廚房，先備料午餐，在不熟練的情況下，耗費一小時才完成。時間來到上午十一點，傅忻仍熟睡中，她從陽台拿進掃把和畚箕，預備先來個大掃除。

傅忻醒來的時候，房內沒有半點光源，昨晚掀開一小縫隙的窗簾此時是緊密拉上。他聽見客廳隱約有走動的聲音，瞬間從床上彈起。下一秒想起一件事情，昨晚已把密碼給王郡瑀，想必在客廳的人是她。

既然是熟人，傅忻行動變得悠哉，坐在床邊伸伸懶腰，接著拿起拐杖，吃力地站起來，一步一步靠近窗戶，將窗簾拉開。

耀眼的光線在房內地面照射出大面積的光芒，他的房間有一個小陽台，空間狹小，角落放置花籃架子，前面空地只能容納一位成人，陽光在植物點綴上斑斕的光霞。

他替養植的植物澆水，回到房間，看了一眼時間，詫異自己怎麼睡到中午了！

步出房間，他遲緩地走向客廳，目光巡視著王郡瑀的身影，最後在沙發前看見她正趴在地上，手非常辛苦地伸進沙發底部。

「郡瑀，早安。」

聽見傅忻的聲音，王郡瑀把手伸出來，轉頭露出燦笑，「傅忻早安，等等就可以開飯了，今天吃泡菜湯麵。」

「妳在找什麼？」

「我剛剛在整理我的錢包，零錢不小心掉進去了。」王郡瑀已經把臉貼在地上，手機內建的手電筒燈光試著照亮底部的狀況。

「我想個辦法。」現在傅忻是傷患，他沒辦法幫忙移動沙發。靈光一閃，他從酒櫃上拿起一根不鏽鋼的不求人。

「這個妳試試看，手機給我，我來幫妳照。」傅忻把不求人塞入她手裡。

「不用不用，你不方便蹲下來。」王郡瑀哪好意思，她是來照顧人，不是來給他服務。

傅忻一手扶著桌子，緩慢的把身軀向下移動，沒有靠王郡瑀的幫忙，成功坐在地板，「我坐著就好。」入座姿勢搞定後，不由分說搶過手機。

對於自己不需他人幫忙，也可以完成一件事情，傅忻滿意的勾勾嘴角。在怎麼說，他沒有到殘廢的地步，過去一週，她幫太多忙了，讓他覺得很不好意思，儘管他很喜歡看見她來住家，每天都期待著，但內心不太希望她累著。

王郡瑀指示傅忻將光源從左邊移動到右邊，費盡一番心力，終於把一元挖出來，重見天日。

「我以為是五十元，既然是一元，我給妳就好了。」傅忻不是吝嗇的人，他願意對王郡瑀慷慨，在她天天報到時候，他甚至提出支援車馬費，但被她拒絕。

「不用啦，又不是掉到排水溝。」

「妳今天花多少錢買食材？」

王郡瑀怯生生地說：「將近一千元……」她不是故意買這麼貴的，現在物價高漲，一盒火鍋豬肉片就要兩百多元，然後還有火鍋料包等等。

「想吃什麼就買，我買單，不用跟我客氣。」傅忻溫柔笑著，伸手摸了摸她的頭髮，寵溺的動作讓她怦然心動。

「那我付一半，畢竟我也有吃。」王郡瑀按著悸動的心口。

「不需要。」傅忻突然變臉，琥珀色的眼睛瞪住她，眼神裡透露出妳敢給錢我就要妳好看。

「可是這樣我白吃白喝耶！」王郡瑀覺得付出點勞力不算抵償，這些勞力是害他受傷應該承擔的事。

「我就要讓妳白吃白喝。」傅忻狂妄霸道地說，「妳要多吃點，這樣才有精神工作，不然我會心疼。」

傅忻的一句話再度戳中王郡瑀的心坎，為什麼她覺得他的行為舉止說明著一件事情——他很寵她。

他是不是對自己有好感？她可以有勇氣問嗎？可是又怕會錯意，如果兩人談戀愛，是辦公室戀情，如果真的是搞錯了，他只當作員工在照顧，沒有別的意思，這樣以後共事會很尷尬。

「我想起湯頭還放著滾。」最後，她當起孬種。

王郡瑀起身的同時，傅忻也想起身，不過沒受傷的腳卻麻到失去力氣，一個重心沒抓好，身軀竟向前傾。

王郡瑀趕緊上前，雙手緊緊環抱住他的胸膛，身體近距離的貼在他溫熱的身上，他的身材一點也不瘦，是結實。

酡著一張紅臉，她使出力氣，兩人合作下，將他拉起來。

然而，隨著他低下頭，王郡瑀慢半拍意識到雙手仍抱住他不放。瞬間如觸電般把手從腰上收回，然後朝他豪邁地拍拍臂膀，「站不起來就叫我！」

儘管表面若無其事，可心跳早已不是自己能控制，心裡慌亂得很。第一次和傅忻有近距離的接觸，有一股衝動，要不乾脆直接抱住了吧！

想到腦袋裡正在意淫自家主管，王郡瑀用力敲了敲頭，驅散不該有的想法。

當她轉身預備邁出一步，肩頭卻被輕輕扣住。她困惑地揚起視線，看著他溫柔肆意蔓延的雙眼。

「郡瑀……」他用著溫柔磁性的聲音喊著她的名字，竟讓她產生一陣雞皮疙瘩，骨頭快軟了。

如果這時候腿軟，直接撲倒在他底下，一定很丟臉，居然被男色迷惑，魂都丟了。

眼前的男人慢慢地傾身，等到她回過神的時候，發現他已近在咫尺，熱熱的呼吸輕如鴻毛降落在鼻翼，豐潤溫熱的雙唇愈來愈近——

睫毛眨了眨，一股神祕的力量透過他的深深的凝視，牽引著她不由自主閉上雙眼，然而，廚房響起刺耳的聲音，是水滾了。王郡瑀渾身打個激靈，傅忻似乎也一愣，原本眼底流轉的情感瞬間急流湧退。

「幹嘛打頭？當心越打越笨。」傅忻伸出的手突然轉了個方向，輕柔的撫摸她的腦袋，手指輕輕撓著，穿梭在髮絲之間，看起來就像在逗弄一隻貓。

「打一打清醒一點。」王郡瑀用著自言自語的音量說道，隨即沖著他咧嘴一笑，「我先去煮麵，肚子快餓死了！」

王郡瑀轉身奔向廚房，他的手此時穿過她的髮絲，無形之中透露出一股念念不捨的意味。

望著她遠去的背影，他的眉宇間流露出一絲挫敗，若不是那聲水滾的鳴響，早已經做出出乎意料的舉動。

不過有一件事情，他很肯定——對她心動的感情是愈發強烈。

「好。」琥珀色的雙眸染上一層薄薄的笑意。

前幾天，時間是週四晚上，羅格契尼導師《與愛的對話》的第二場座談會在飯店正式舉行，缺席的傅忻沒辦法操辦，重責大任便交給王郡瑀和後勤協助舉辦。

考量書店店務不能中斷營業，李芝瑜當日上班時間變成上午九點整至晚上八點整，加班兩小時，負責座談會的王郡瑀則下午一點開始上班，晚上帶著書籍，和後勤搭乘計程車前往飯店。

第二場座談會準備的書籍量和第一場一樣，全數銷售完畢，另外接下幾張團購訂單，經理對於這次座談會的成果非常滿意，打算等傅忻康復返回書店後，請所有人一頓午餐。

兩人用餐的時候，王郡瑀向傅忻聊起當日販售的盛況，拗折扣的奧客無所不用其極、纏著她宣揚推廣羅格契尼的客人、拿著書拼命問書中內容的客人，座談會有開放給粉絲提問，不去問導師偏偏問單純售書的人，很多妖魔鬼怪在這個時候紛紛出沒。

中途有發生不少小插曲，一位狂熱粉絲沒有報名就想入場，可是被工作人員擋下來，於是在門口大吵大鬧，引發肢體衝突，最後請來警察協調處理。

原本氣氛和樂融融，直到王郡瑀提起有男性搭訕的話題，氣氛陡然轉變。

「有人搭訕妳？」

「他說我長得很漂亮，跟我要聯絡方式。」

王郡瑀吃著麵條，等了很久都沒有聽見他的回答，好奇看去，他沉默地拿著筷子戳著麵條，爾雅的臉龐露出一絲陰沉之色。

深怕傅忻誤以為她在工作途中不專業，跟客人聊些五四三，透過職務認識男生，王郡瑀趕緊解釋：「我沒有給喔，工作過程只做工作上的事務。」

「工作以外也不能給。」傅忻嚴厲地命令。

「喔喔……」不容分說的氣勢讓王郡瑀呆呆應了聲，一雙眼睛既困惑又茫然地看著他。像是要掩飾自己突來的躁進，傅忻清清嗓子，擱下筷子，正經地看著她。

「因為會要電話的男生都不好。」

「喔喔……」

「喔什麼喔？不認同嗎？」兩道眉毛擰了起來。

王郡瑀目不轉睛的打量著，一個念頭劃過腦海，斟酌了下，啟唇道：「可是不能交朋友嗎？」

「那種不懷好意，不適合交朋友。」雖然不是每個要電話的男生不好，但這個條件套在王郡瑀身上，通通就是不好！沒有轉圜的餘地。

「管好嚴喔！以前的女朋友也都這樣管嗎？」

「保護女朋友是天經地義，萬一遇到壞人怎麼辦？我會擔心的。而且我不會讓女朋友晚上一個人回家。」

傅忻的言語間明明白白顯示出他是有責任感的人，與其說是責任感，不如說是盡心盡力呵護女朋友的馬子狗。

「可是我又不是你的女朋友。」當王郡瑀用呢喃的語氣說這話的時候，心裡忐忑極了，七上八下，為了掩飾不自然，她用力吸了一口湯麵，卻不小心嗆到喉嚨。

「小心點，來喝口水。」傅忻一手拍著她的背，另一手端起一杯水，親自湊到她唇邊。現在的他就像在照顧女朋友，不僅餵她喝水，還擦拭她的嘴角，行為舉止溫柔又貼心，讓王郡瑀有剎那錯覺，她是不是階級往上晉升了？變成女朋友？

好窩心喔！她是不是越陷越深了？

剛才一連串對話都是在試探傅忻，目的在於了解他的心思。他們之間的關係從同事變成曖昧，似乎還缺少火侯，只要有一方主動，也許能水到渠成。

王郡瑀苦惱地咀嚼麵條，完全陷入自個兒的思緒裡，直到筷子被人奪走，她才意識到自己咬著筷子，怪不得牙齒有點痛。

「在想什麼？」傅忻自然而然地捏住她的下巴，細細觀察著她的牙齒，幾乎忘記這是不符合同事定義的相處模式。

「沒有沒有。」她怎好意思直接說出口？要如何讓彼此關係更進一步呢？

傅忻露出狐疑的表情，一時間不知道要如何追問。

王郡瑀的頭害羞地向後移動，擠出尷尬的微笑。多不好意思啊！剛吃完午餐，怕嘴裡味道太重。

「我們要幾點出門？」下午是陪傅忻回診的時間。

「洗完碗筷後就可以出門。」

飯後整理完畢，兩人來到樓下，快接近警衛室大門的時候，傅忻突然停下來不動。王郡瑀不明所以看著他解下圍巾，套在她脖子上，耐心地喬好位置，不留一絲縫隙，讓冷風趁機鑽進去。

「我不用啦，我穿很多，很保暖，你是病人才要好好留意身體。」王郡瑀試著解下圍巾，傅忻卻伸手攔住，率先邁開步伐，把她拋在後面。

王郡瑀趕緊跟上。

警衛揮手向一週末見的住戶打聲招呼，「傅先生，您好。」

「您好。」傅忻點頭示意。

「腳還好嗎？」

「不壞，定時回診即可，謝謝關心。」

「那就好。」警衛的目光此時來到他身邊的女孩，「如果好事將近要跟我說啊，這女孩真的不錯，每天往這跑，好好珍惜人家，傅太太非她莫屬。」兩人站在一起，賞心悅目，愈看愈適合。

警衛基於剛才傅忻幫王郡瑀圍圍巾，這樣親密的舉動不是一般朋友會做的事情，因此有這樣的聯想。

突然被點名的王郡瑀愣了愣，馬上想起來，幾天前警衛曾誤以為她是傅忻的女朋友，本來想要解釋，卻找不到時機，幾天後便淡忘了。

傅忻若無其事地笑了笑，澄清、解釋的動作通通沒做，人如一陣清風，悠悠哉哉地跨步離去。

見她還呆愣原地，他伸手握住她的手，並行走出大門。

「你不解釋嗎？」畢竟讓外人誤會不好。

「不用解釋，我讓它變成真的就好。」傅忻淡淡地說，如閒話家常般。

話一出口，如同核彈的威力炸開來。王郡瑀心頭狠狠一震，不敢置信地看著他，嘴巴張得能吞下一顆雞蛋。

他薄唇抿起，琥珀色眼睛非常明亮，射出一團熾熱的光芒，「女朋友，我們還得趕門診，遲到過號要等很久。」

那一聲親暱的女朋友喊得她酥麻震顫，這不是開玩笑？他是認真的？

「我們是同事，而且你是主管。」王郡瑀苦悶地提醒，該不會是忘記身分上的差異，這就變成辦公室戀情。她不排斥辦公室戀情，只不過沒想到有一天會降臨在自己身上，心裡其實很不願意，假使有一天他在工作上徇私，她會覺得變得不像在工作。

「這又如何？不構成我們交往的絆腳石。」

午後的陽光照得他雙眼明亮，名為真誠誠實的光輝熠熠在眼中。

這下子，王郡瑀很確信他是認真的，藉由警衛，順水推舟把告白交往這件事情變成真實！警衛神助攻啊！萬萬沒有想到，她剛才還在苦惱的問題，一下子就解決了！解決得這麼乾脆、直接！神奇小幫手竟然是他家的警衛！

王郡瑀不禁露出喜孜孜的表情，雀躍的模樣印在她的眉梢眼角。

由於她的表情實在太明顯，傅忻調侃地問：「等這一刻等多久了？」

「久到要發霉了！」王郡瑀順口溜出來，隨即懊惱地摀住嘴。

他隱約察覺到她的心意，一開始她隱藏的很刻意，偶爾聊天的時候，他會捕捉到她偷偷看著自己的目光，有崇拜、有愛戀，尤其剛才在家裡，面對他近距離的接觸，她更沒有反彈，事實證明，他的臆測沒有錯誤。

「該不會……」傅忻朝她靠近，故意貼在她耳邊輕聲細語地說：「傅太太。」聲音彷彿淺淺的呼吸，一起伴隨著融化在心裡。

「你不要把警衛開玩笑的話當真啊！」雖然這玩笑話，王郡瑀很想當真，可是女孩子還是要有點矜持。

「不好聽嗎？」她明明很高興，暗爽在心裡。傅忻挑起眉宇，質疑地看著她，王郡瑀被直勾勾看得感覺全身上下無所遁形。

「那不然——」

在他改口的時候，她忙不迭地大聲喊著：「好聽好聽超好聽！警衛的主意太棒了！」甚至她還豎起大拇指，誇張的行為讓傅忻啼笑皆非。

「而且警衛說我不該錯過妳，要珍惜妳。」

王郡瑀急著宣示自己的心意，「我也會珍惜店長！不對，傅忻。」她露出甜甜的微笑，原本一臉不悅的傅忻正想糾正，聽見她這麼一喊，臉色柔和許多。

「不要再叫錯了，叫錯我就——」後續的話吞沒在唇齒間，傅忻將她摟進懷裡，低頭吻住，嘗試性的輕輕觸碰她香軟的舌尖，她像是受到驚嚇，身軀一顫。

她本能的反應使他剎那覺得自己躁進了，於是退開來，俯首親吻她的額頭，然後撥了撥她的劉海。

不料王郡瑀更為大膽，竟捧住他的臉，重重在他唇上印上一吻，接著露出滿意的微笑，傅忻毫無招架之力。

有一句話是說，一山還有一山高，應證在兩人之間。

「走吧，我們快遲到了。」傅忻主動牽起王郡瑀的手，心中洋溢愉快的情緒。

好心情會傳染，王郡瑀紅通通的臉上是止不住的笑容，不是她誇大，今天是快樂似神仙的好日子！

當上傅忻的女朋友後，接下來是當上傅太太。

想到此，王郡瑀傻傻笑了笑，像個小白癡似的，幻想自己的身分榮登傅太太的頂尖之位。並肩而行的雙人背影透著浪漫、溫馨的色彩，穿透世界每一處的陽光映襯著街道兩旁飄動的樹葉，彷彿跟著一起舞蹈，活力充沛的樣子象徵著他們雀躍的心情。

【第八章】

祕密的戀情，冬日的溫暖

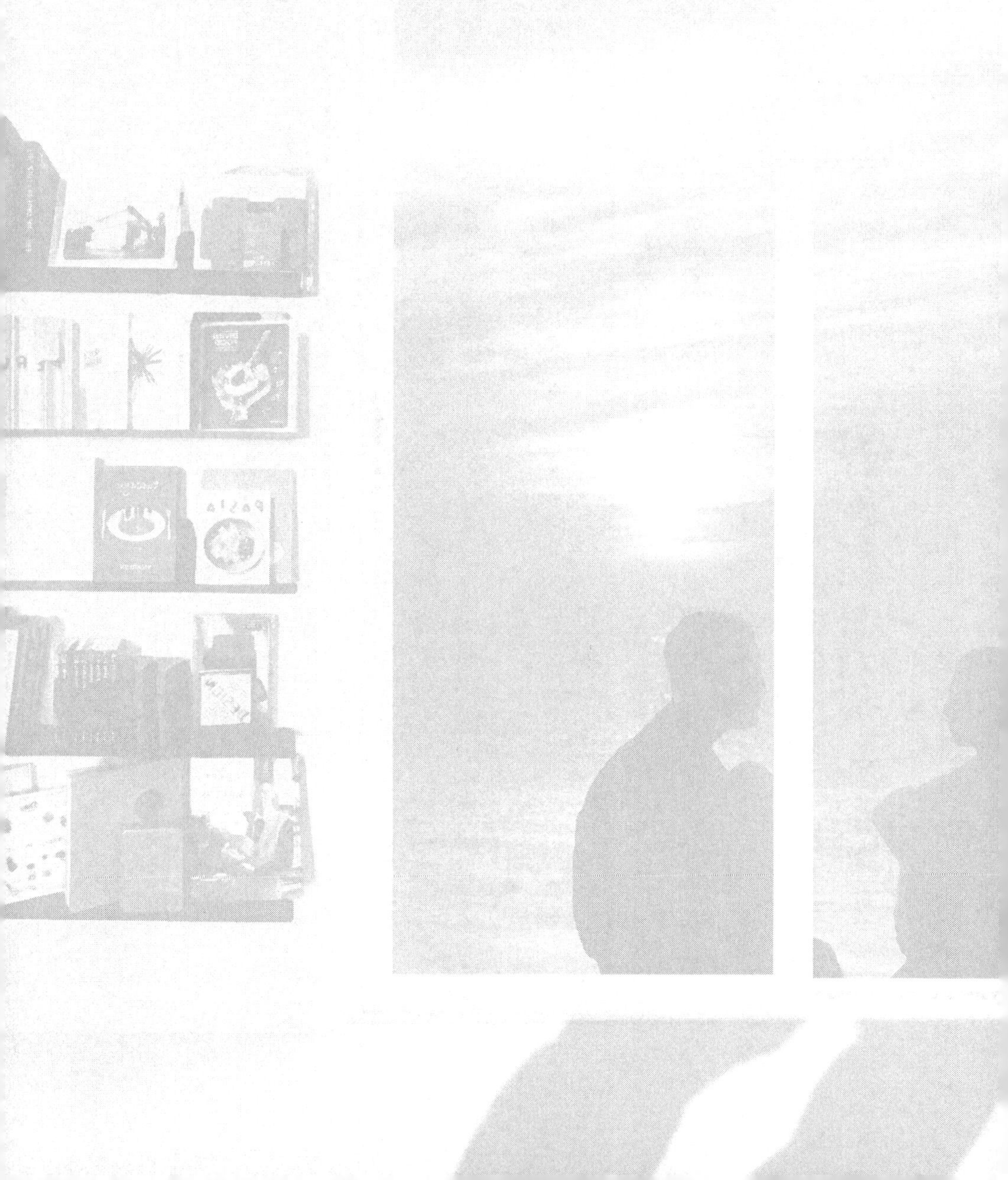

剛交往的情侶通常形影不離，如膠似漆，一起出去玩、一起合照、一起吃同一樣食物、共用一套餐具等等，不過套用在傅忻和王郡瑀身上，就不是這麼一回事。

傅忻受傷的腳不方便行走，他們約會的地點都在家中、醫院度過。王郡瑀沒有怨言，甚至很熱衷在醫院或家中跟傅忻你儂我儂。

傅忻除了人長得帥、個性又溫柔體貼，還會下廚做菜。在他家中照顧的日子，王郡瑀本身會切菜，於是他開始教導她炒菜，時常拿張椅子坐在旁邊，用言語指導她炒菜、做調味料的步驟，食譜的菜色被他們翻遍。

如果傅忻不教，那麼會一直吃外食和湯麵，想來便覺得可怕。在他的巧手下，她的烹飪技術厲害許多。

交往當天返回住處時，警衛看見兩人手牽手，甜蜜蜜的樣子，朝王郡瑀豎起兩隻大拇指。

王郡瑀真心覺得找了一個好老公，啊，不是，還不是老公，只是名義上的傅太太，有名無實中，如果能有名有實更好啦！想來就覺得害羞！

王郡瑀兀自笑了起來，一股溫熱的氣息從背後襲來，下一秒擁住她的腰間，溫柔的往懷裡帶。

「當心菜刀切到手！」耳畔滑進一道嚴肅的嗓音，正要落下的菜刀突然被人奪走，安全地擱在一旁。

「你怎麼進來了？」聞聲，王郡瑀側過臉，看著把下巴放在肩窩的傅忻。

擱下菜刀後，傅忻扶住拐杖，經過兩週的鍛鍊，他可以短暫幾秒鐘靠著自己的力量站立，醫生說，再過兩週即滿一個月，可以拆掉石膏。

圈住腰間的手仍未放開，他在她耳邊用著戲弄的語調說：「我猜，妳在幻想著很開心的事情，例如能和我交往，妳高興得做夢都會夢到？」

「你幹嘛說出來！」害她只想鑽進地洞裡面。

熱熱的呼吸吐在她的耳廓，引起一陣搔癢和哆嗦。王郡瑀不敢懶洋洋窩在他懷裡，現在他正依賴拐杖站立，不適合再多她的體重，增加他的負擔，只輕輕地依偎。

傅忻揚唇笑了笑，「我是不是很聰明？妳想什麼我都知道。」

王郡瑀皺起眉毛，是否自己太容易把情緒嶄露無遺？這樣是好事嗎？以後她只要一個眼神，男朋友就知道她在想什麼。

一邊想著，她的手無聊地玩起他的手指，不僅握住他的掌心，還捏起五根手指頭。

傅忻看著砧板上切到一半的綠色蔬菜，暗示性地說：「玩好了沒？妳是不是還有事情做一半？」

「沒玩夠。」她喜歡牽他的手、勾勾手指也覺得甜滋滋。

王郡瑀轉過身，食指勾著他的，輕輕搖了搖，一雙眼睛從下到上直勾勾看著他，煞有幾分挑逗、勾引的意味，教他心中掀起一絲波瀾。

「可不可以不要做了啊？」

「那我們中午沒飯吃了，只好餓肚子……唉，好餓喔。」他認為她是故意的，所以故意不答應。

王郡瑀眼珠子骨溜溜轉了轉，突然失去力氣、軟骨頭般在他身上靠了幾分鐘，臉龐舒適地枕在他的胸膛。

「可是我想睡了。」她的聲音帶著一點惺忪的感覺，聽得他嚴陣以待。

傅忻一改剛才漫不經心的態度，語調溫柔地說：「那就睡，走，回房間睡覺。」

「可是午飯呢？」這麼行動派啊？

「我叫外送。」少吃一餐她煮的不會怎樣，主要是不能讓她太辛苦。

傅忻看著她慵懶的神情，有那麼一瞬，突然想橫抱起她，不過現在他的能力辦不到。想著，他摟著她的腰，緩慢地把她帶往自己的房間。

「還沒整理廚房欸！」

「我來整理，不然晚點再說。」為了讓她休息，他甚至自己攬上工作。

其實家裡有另一間客房，不過傅忻獨住，那間房間偶爾打掃一次，一旦王郡瑀入住後，便要時常打掃。

為了避免增加王郡瑀的負擔，乾脆讓她想睡覺時，睡在自己床上就好。不過兩人剛交往沒多久，進度侷限接吻、擁抱，不曾擁著一起睡覺。

「那我睡覺你要做什麼？不准打掃啊！這是我份內之事，你只能乖乖坐在沙發上看電視。」被傅忻伺候躺床的王郡瑀臉上洋溢著笑容，臉貼著枕頭，睜著一雙烏亮的眼睛。

這個樣子看起來是要睡覺嗎？哪有要睡覺的人眼神突然變得明亮、銳利，傅忻總覺得好像被甜蜜蜜陰一把……不過他沒有生氣，甚至是笑著嘆了口氣。

「看到妳睡覺，我也想睡，一定是妳傳染給我，我是不是該躺著小瞇一下？」傅忻打了哈欠，面露倦色。

「嗯嗯，可以可以，趕快去。」

「……」意思是叫他躺沙發睡了？女朋友當真這麼沒心沒肺？看樣子要驗證一下！傅忻裝模作樣地起身，垂頭喪氣的準備往外走。

下一秒，手就被她拽住，隨之是她充滿疑問的問句。

「你去哪？」

「睡覺。」不是有人打發他去睡覺嗎？

「病人不能躺沙發，客房那間就不要用了，棉被收著、沒有套床單。」

「所以……」傅忻好整以暇地拉長尾音，靜靜等待王郡瑀的回答。

「一起睡。」

傅忻表情非常冷靜、淡定，殊不知內心那些澎湃、雀躍的情緒簡直要翻了天，恨不得手舞足蹈。

「妳在邀請我？」他撐著拐杖，溫吞吞地坐在床邊，「這樣好嗎？我怕妳太擠，不舒服。」這招叫做欲擒故縱。

咦咦咦！這樣被視為邀請嗎？王郡瑀把紅臉藏進棉被，露出一雙飄忽不定的害羞眼睛。

「我認真的啦！」從棉被裡面傳來清晰的嗓音，可以知道她是用盡全力吼的。

話剛出口的下一瞬，她又說：「就是睡覺而已，睡覺！」

欲蓋彌彰的意思讓傅忻忍不住俯身親吻她的額頭，兩手穿過她兩側，把她定在床上，近距離地望著她的雙眼。

「好，傅太太，容我先收拾廚房，等會兒進房陪妳。」伸手揉了揉她的頭頂，他的語氣更加溫柔，是要把人溺死的節奏。

偶爾傅忻稱呼王郡瑀時，會故意用「太太」二字稱呼，因為她的反應總是不會讓人失望。

傅忻離開房間後，幸福躺在棉被下的王郡瑀用力吸著屬於傅忻乾淨的味道，得逞地笑了笑。

嘿嘿，傅忻果然是疼她的，超級無敵疼，把她捧在手掌心寵呢！究竟是她演技太好？還是他早就看穿她蹩腳的演技？不管是哪一種，他都是疼她的。

從升格為女朋友後，馬上病入膏肓、無藥可醫，完全是上癮的程度。

可是這樣好過分啊！居然把事情丟給他做。

王郡瑀有點苦惱，最後懶惰的基因戰勝勤勞的基因，不如就擺爛半天，好好享受當個廢物女友。

然而她不知道的是，他離開後，悄悄地打開門縫，從外面窺視——

果不其然，王郡瑀露出小女孩嬌羞的模樣，捲著棉被，把自己裹得像肉粽，來回在床上翻滾，以彰顯她是多麼興奮！

這位女朋友真的不會讓人失望。

他想，也許面試時就對她一見鍾情了吧。

※　※　※

傅忻的腳尚未康復，不過休息的時間已有點久，再加上店裡兩人體力有點不堪負荷，他常常會看見王郡瑀坐在他家沙發沒三分鐘就沉沉睡著，開始和醫生商量，能否返回工作崗位，討論結果是傅忻在家裡遠距上班，確認石膏可以拆除後，再返回工作崗位。

書店的工作很難居家上班，傅忻沒辦法幫他們處理一般客戶的訂單，這些訂單需要抓取店內現有的書籍，當日出貨，於是採購、新書估量、海外客戶訂單皆由傅忻在家裡處理，李芝瑜和王郡瑀的工作量稍微減少一些，不過兩人依舊忙得常常加班，每天的工作量就像無性生殖一樣，持續湧進信箱。

由於王郡瑀忙到天天加班，傅忻愈來愈規範她回家時間，讓她平日下班後不要再過來送晚餐、煮飯、打掃等等，就怕她累著。可是王郡瑀堅持要去他家，一來是見見心愛的男朋友，二來是放心不下他獨自一人在家。

每天見面會膩嗎？不會。對王郡瑀和傅忻兩人來說，是熱戀期，巴不得時時刻刻膩在一起。

於是傅忻平日不再讓她買晚餐，而是讓她空手過來，他親自下廚燉煮晚餐。王郡瑀的口福越來越讚，週一喝雞湯、週二喝人參雞湯、週三吃佛跳牆、週四吃清蒸海鮮、週五吃燉豬腳，每一餐對身體非常補。

短短一週，她的體重上升一公斤，再加上平日太忙，用餐快速，沒有細嚼慢嚥讓食物消化，肥胖日漸形成。

對於她發胖，傅忻則笑得滿意，能把女朋友在短時間餵胖，他認為自己實在很厲害，圓滾滾的模樣不是很可愛嗎？

可愛個屁！王郡瑀賭氣地不想再吃他的晚餐，可是最後敵不過肚子的飢餓，向美食妥協。

隨著傅忻狀況愈來愈好，假日的時候，傅忻會帶著王郡瑀去看電影、藝術展等等，甚至到公園野餐，散步也成為他們週末必備的行程之一。

時間又過了兩週，距離傅忻受傷後裹石膏已是一個月後。拆掉石膏，他開始週末定時到醫院報到做復健，平日晚上則在王郡瑀的陪伴下，在公園悠閒散步。

返回工作崗位的第一件事情，傅忻連續一週請書店的兩位、後勤一位及經理吃中餐，訂購精緻的便當犒賞辛苦的同事。

李芝瑜每天都很期待午餐的菜色，有時候午餐時間還沒到，便興奮地跑去找傅忻詢問午餐菜色，王郡瑀則苦在內心，因為沒有人知道她中午吃完豐盛午餐後，晚餐會在傅忻家食用，屆時又是滿滿的三珍海味，而且早餐也是傅忻親手製作，由他帶去公司放在一樓櫃台旁的外送桌，讓她自己拿。

吃到她在想，詹固醇有沒有變高？

儘管和傅忻交往進行中，在工作上，她沒有因為這層身分而得瑟，依然公事公辦，兩人除了公事，沒有額外的肢體接觸。

公務上，傅忻對她照顧有佳，對另一位同事李芝瑜同樣待遇，沒有因為她是女友而有特別待遇。

只不過還是有不公平的聲音出現……

「店長，你太偏心了，我不喜歡吃紅豆，為什麼不給我蘿蔔絲?!你對郡瑀真好！」

下午茶點心是季會的點心，由公司請客。今天正巧是紅豆餅、蘿蔔絲餅兩款，店長開完季會後，拿著三人的點心回到書店。

李芝瑜撕開一小口，發現是紅豆口味。

「妳不吃紅豆？」傅忻驚訝，這件事情他不知道，如果事前知道的話，就會把蘿蔔絲給她。

不過他拿了一個蘿蔔絲，兩個紅豆餅，唯一的蘿蔔絲給王郡瑀，剩下的紅豆由自己和李芝瑜分配。

「去年羅格契尼座談會，我有跟你提起，才過一年就忘了……」李芝瑜控訴傅忻把這件事情忘記了。

仔細想一想，傅忻印象中似乎有這件事情。

「抱歉，我去樓上幫妳跟別人換？」

王郡瑀本來想把蘿蔔絲給李芝瑜，意識到自己咬了一口，沒辦法跟對方交換。

李芝瑜不在意地擺擺手，「不用啦，我雖然不喜歡吃，但沒有對紅豆有恐懼症啦。店長，你不要當真，我記得你之前不會對我玩笑當真耶？」

看見傅忻態度認真，把它當一回事。李芝瑜有點嚇到。她只是開玩笑，沒有要對主管大小聲，更沒有要抱怨，違背職場倫理的事情她做不來啊！

以往傅忻會開玩笑回擊，例如：要她一口吞下去。沒想到這次居然認真起來？他吃錯藥嗎？可是她沒膽直接詢問主管吃藥了沒？

一滴冷汗從傅忻額頭滑下，他泰然自若地笑了笑，「所以，妳現在是對主管開玩笑？皮癢了嗎？」

那還不是因為怕她發現他跟王郡瑀在交往，萬一他對王郡瑀太好，好到李芝瑜懷疑。他知道王郡瑀不排斥紅豆，比較喜歡蘿蔔絲，於是那塊蘿蔔絲是特別拿給王郡瑀。

目前交往時間還很短，傅忻和王郡瑀沒有打算公開，即便日後順利交往滿一週年以上，傅忻也沒打算在工作場合公開。

對於他的決定，王郡瑀同樣贊成，他喜低調，不喜歡別人對他的感情生活說三道四，畢竟工作場所人多嘴雜，情侶難免吵架，他不喜歡把吵架的事情搬上檯面，影響工作態度。

所以在交往後，他曾跟王郡瑀談過，假使彼此間吵架，希望可以工作以外的時間好好解釋，不要把情緒帶到工作上。

儘管話是這麼說，不過這都要磨合。

「不敢啦！店長，我吃什麼都可以！」

王郡瑀含著一小口，目光飄向傅忻，趁李芝瑜看著電腦螢幕，悄悄對他眨了眨眼。接收到秋波的傅忻也立刻回以一記笑意十足的眨眼。

「郡瑀電話！」李芝瑜的呼喊此時響起，嚇了王郡瑀一跳，趕緊斂下眼簾，免得被李芝瑜發現和傅忻眉來眼去。

慌張又心虛的王郡瑀接起電話：「浮光書店您好。」

「王小姐，上週那份漫畫訂單，客人想要首刷版本，妳看這……可以幫我換嗎？」

王郡瑀記得有這回事。上週四接到客戶的訂單，訂購一批三十本的漫畫，這位客戶簽約漫畫折扣較高，從未訂過，接到訂單後，有跟客戶再三確認買斷不退。

然而訂單沒有註明需要「首刷」，於是出貨時，沒有特別留意是否為首刷版本。

「很困難耶！因為倉庫是隨機出貨，沒有辦法挑選，而且據我所知，書單裡面有幾本書都已經再版過，首刷版本微乎其微。」而且漫畫是封膜狀態，上面印有拆封後無法退貨。

王郡瑀突然想起一個問題，「請問客人是如何得知版本非首刷？」膜包著，客人是如何得知購買的版本刷次？

「我也不清楚，對方說這都是非首刷，外面書腰沒有印首刷贈品，可能是這樣認定非首刷版本。」

「……可是有些漫畫一開始上市就沒有首刷贈品，客人的理由不合邏輯。」在王郡瑀聽來，這位客人分明就是想退貨。

客戶的語氣聽起來頗為無可奈何，夾在中間很為難。

「唉，真的不能換一下嗎？」

「沒有辦法，倉庫同事是隨機出貨，無法挑選。」

關於這點，王郡瑀沒有辦法給予允諾，假設那本漫畫倉庫量有一百本，倉庫同仁勢必要花時間從一百本裡面大海撈針，如果漫畫沒有首刷書腰，更無法辨別。

「好吧！可是客人說不是首刷就不要，我這邊三十本可以退回去給你們嗎？這些漫畫放在我這邊。」

「全部退回?!」王郡瑀驚了，「可是當初說好買斷不退……」

「我知道啊，可是客人說要退，我這邊賣不掉啊，成本壓力很大！妳幫我跟主管說說看，不然主管電話給我，我親自跟主管解釋。」

聽見客戶退意已決，王郡瑀不再試著阻擋，於是改口道：

「我必須詢問主管，才能回覆您，因為一開始合約簽訂的很清楚，書籍買斷不退。」這已經不是自己能決定的事情，必須向上呈報事情始末。

「那就麻煩妳，有消息立刻通知我。」

王郡瑀掛上電話，結束與客戶林先生的談話。一旁聆聽的李芝瑜憤憤不平地說：「那客人好機歪喔，要首刷幹嘛不一上市就買！有病嗎？」

「對啊，上市的時候都是首刷，還有贈品……」王郡瑀看向傅忻，剛才的對話全部人都聽見了，不需要再複誦一次。

「可以給他退，但是退貨量有點大，我得讓經理知道有這件事情。」說罷，傅忻拿起電話，撥打經理的分機，將客戶的情形詳細說明一遍。

過了一會兒，傅忻結束和經理的談話，把結論告訴王郡瑀，「郡瑀，妳跟林先生說，這批書可退，請以後確認這位客人要的刷次版本，若客人堅持要首刷，漫畫本身無法辨識是否為首刷，我們一律不出貨。」

李芝瑜氣憤填膺地說：「店長，要讓他退喔，好討厭的客人！」

「對呀，林先生畢竟小本經營，我們出給他漫畫折扣七折，算很高了，我不想為難小公司，而且這年頭生意不好做。」經理聽完傅忻的想法，也沒有多說什麼。

王郡瑀以為這次經理不會答應讓客戶退，畢竟狀況和某次不一樣，「經理答應了？可是經理上次為了一個客戶退四百本書而生氣，聽說那本書出現禁忌詞，沒辦法在海外販售，結果出版社答應退貨，經理氣到火冒三丈耶！」

「經理理所當然會生氣，因為和客戶合作是我們，不關出版社的事情。退貨承擔的成本也是書店要負責，但出版社擅自決定接受退貨，當時客戶為了那本書，一直喊再印，出版社見他有此需求才再刷。」傅忻記得那時候經理還特別跟出版社爭執一番，全公司的人都知道這件事情。

「出版社竟然接受退貨？」李芝瑜不滿地撇撇嘴，如果她是出版社總編，肯定會氣得不讓客戶退貨，當初喊量是你們，現在要退貨也是你們，若要這樣，以後不出大量貨給你們。

傅忻無奈地說：「因為他們當時在評估要不要再印，客戶剛好抓準時機退回，出版社就決定不印。」

「……」王郡瑀傻眼了，時機點抓得也太剛好！

傅忻突然想起一件事情，於是說出口，「去年有個客戶都訂購限制級的漫畫，結果被海外的海關擋下來，全部被充公，損失不少，後來那些還沒出貨的限制級漫畫，也是都退回來，有時候客戶經營不能太執拗，要懂得轉彎，避免雙方合作不愉快，會選擇讓他退貨。」

「萬一他們得寸進尺呢？」

連一般消費者都可以得寸進尺了，更何況是客戶。例如今年團購兩百本，折扣為六八折，一次性買斷，隔年又訂購三十本，想要以六八折購買，最後拗不過客人，還是答應了，再過一年訂購二十本，仍想要六八折購買——這就過分了，越訂越少本，拗折扣的時候還說：你們之前都給我六八折，哪有人這樣！以前給多少就要給多少。

可是對方相隔一年才訂購，時間拖太久，真的很不要臉。

「所以要有底線。」

「那應該怎麼做？」退貨、殺折扣等等，王郡瑀最沒轍了。

「要懂得和客戶交涉，慢慢學習。」傅忻對王郡瑀溫和笑了笑，正準備伸手揉揉她的頭髮，瞥見李芝瑜的目光往這邊看過來，他的手趕緊轉了方向，改拍她的肩膀。

王郡瑀本來已經準備好給傅忻摸頭，誰知道他轉變方向。轉過頭，她留意到李芝瑜不經意的視線，快速回到位置坐好。

拿起話筒，撥出電話，王郡瑀向客戶說明：「林先生，關於這批退貨的漫畫，主管有上報給經理說明情況，主要訂購量較多，退貨我們也不好跟出版社交代，所以才必須請示上級，這次能讓您退貨，不過為了確保雙方有更好的合作關係，往後漫畫的訂單，麻煩請務必跟客人確認是否要首刷，剛上市能明顯辨別首刷，否則很困難，如果有非當季的漫畫訂單，需要首刷者，一律劃單不出貨。」

「您那邊不能訂進來確認嗎？」客戶提出一個讓王郡瑀直覺翻白眼的提議。

饒了她吧！這樣一來一往太耗費時間和精力。

「有些漫畫在店裡銷售不佳，再加上櫃位空間有限，基本上只會陳列當季新品或暢銷品。如果訂進來再退回去，會增加倉庫同仁、和書店同事的負擔，這部分沒有辦法配合，請您見諒。」

「原來如此，真不好意思，往後我會注意客人要的刷次版本。」

「退貨的漫畫您要寄回來？還是親自送回書店？」
「下周自取書的時候我一併退回。」
「好的，謝謝，那就再麻煩了。」
王郡瑀掛上電話，傅忻隨即說：「後續就麻煩讓客戶盡快退回。」退貨的事情能盡早解決就盡早解決。
「店長，帳已經結算開立發票，我要開銷退單嗎？」
「我記得他這週訂滿多書，妳直接在本週報價單直接刷退，開銷退單太麻煩了。」
「好的。」
晚上下班的時候，李芝瑜是早班，已先離開公司。傅忻事情早已做完，等著王郡瑀結帳後離開。
鎖上書店大門，她伸伸懶腰，打了一個大哈欠，「終於下班啦！」
「很高興？」傅忻雙手擱在她的肩膀，不緊不慢地按摩，「這樣舒服嗎？」
「當然啊，下班後的時光就是可以正大光明牽手。」
僵硬的肩膀在傅忻的按摩下，緊繃的肌肉漸漸舒張。王郡瑀滿足地閉上眼睛，腦袋瓜輕輕枕在他的手臂。
早餐暗中遞送、下班齊齊離開公司，工作時間的眉目傳情、事務上的互相協助，當王郡瑀找傅忻討論工作上的問題，兩人私下在辦公桌下面牽手，這些都沒讓李芝瑜發現，可是兩人不知道能隱瞞多久？

準備搭電梯離開的時候，傅忻突然內急，「我去上廁所一下。」

「那我先去樓下ＡＴＭ領錢，等等一樓見！」王郡瑀先搭電梯至一樓，兩人各奔東西，節省時間。

傅忻走出廁所，在電梯口遇見出版社的梁郁希。

「傅忻，你還在啊？」

「加班。妳以為我休假這一個月都沒事情做嗎？」這麼晚了他的確不該在場，不過為了符合自己的人設，只好利用加班好好穩定立場。

「你這一個月不是在家上班？」剩下的事情，店裡那兩位同事應該可以處理吧！

「也是有一些事務得在店裡處理。」

電梯抵達一樓，兩人一前一後離開電梯，傅忻看見王郡瑀還在ＡＴＭ前面，於是繼續和梁郁希聊天。

「你的傷還好嗎？」梁郁希見他走路正常，除了速度緩慢了些，倒沒有太大問題。

「定期做復健，恢復狀況很好。」

在家裡休息的時間，梁郁希曾經來探望自己，帶來不少補品，這些補品是陌語作家買來贈送，她來的時候，他特地要王郡瑀別來，避免被撞見不知道如何解釋。

「非常抱歉，我不知道陌語會害你摔下樓梯。」

「沒事！」

「好累喔，我等等還要去陌語家催稿，我先走囉！有時間再聊！」梁郁希向傅忻告別後，便離開公司大樓，然後遠去。

傅忻慢慢走向ATM，遇到領完錢出來的王郡瑀。

「走吧，我們回家吃晚餐。」傅忻主動牽起她的手，五指緊扣。

兩人走向大門口時，與幾分鐘前離開的梁郁希打照面。王郡瑀呆呆地看著梁郁希發直的目光，傅忻則心猛地打個唐突。

「啊！你們……」梁郁希的雙眼直勾勾盯著兩人緊扣的雙手。

「如妳所見。」很快鎮定下來的傅忻舉起兩人交握的手，大搖大擺地晃了晃。

「原來你們在交往。」中途因忘記拿重要物品而返回的梁郁希沒有想到會看見令人吃驚的一幕，剛才王郡瑀就在了嗎？她為什麼沒有注意到？

「嗯……」王郡瑀點了點頭，被梁郁希盯著渾身不自在，誰可以告訴自己，為什麼剛好就被梁郁希看見，不曉得對方會不會大嘴巴外洩？

「什麼時候開始的？傅忻，你居然瞞著我，好歹我曾經跟你共事過。」

「共事過？」聽見這句話的王郡瑀揚起眉毛，她不知道原來他們有這層關係，「這是什麼意思？」

傅忻開口解釋：「郁希以前是書店正職員工，後來轉調到出版社擔任編輯。」

梁郁希附和道，解釋得更詳細些，「書店轉調到出版社是常有的事情，一來可以學習不同業務內容，二來出版社很喜歡曾在書店工作過的應徵者。」

「為什麼出版社喜歡書店轉調而來的員工？我覺得兩者是不同的工作內容。」王郡瑀認為，與其找曾在書店工作過的應徵者，不是應該找資深的編輯嗎？至少不會教得很辛苦。

梁郁希搖了搖手指，「錯囉！其實出版社很多都是非專業科系畢業，尤其是編輯，當然還是有出版社只找中文系、高學歷畢業的學生。像長期在書店工作的人，他們對暢銷書類型比較敏感，而且具有市場眼光，由他們來擔任企劃編輯選書人，再適合不過。」

傅忻替梁郁希的背景做深入的解釋，「編輯的流動率其實很快，當時出版社編輯部一直缺人，而郁希在書店做久了，突然跟我說她想離職，換換環境，結果沒能離職成功，被總經理挽留，改轉去擔任編輯。」

「可是我又想離職了……」梁郁希哀怨地說，「編輯每天都在加班，逢書展又加班，還要審外來的投稿信，製作社內要出版的書籍，簡直把我當三頭六臂！」

「一開始我就跟妳說過了。」在梁郁希轉任前，傅忻早就給她打強心針，「妳沒做滿一年半，建議繼續待，累積的年資對妳以後也會有幫助，除非妳打算跳槽到全新的職業。」

「如果負責的作家不難搞還好，難搞就真的會整死人。」對啊，她為什麼不聽傅忻的建言，執意要朝編輯的方向去做？梁郁希悔不當初。

一旁的王郡瑀沒仔細聽他們後面的談話，兀自想著，如果她做不習慣書店門市職員，也可以跳槽到出版社？畢竟她還是未滿一年的菜鳥，不曉得自己的生涯要如何規劃，這份工作真的可以長久嗎？

「喂喂喂！你們不要扯開話題！跟我說說你們何時交往的？」梁郁希迫切的想要知道這兩人何時看對眼？

傅忻皺著眉，冷淡地看著四周，「我現在不太想要站在這裡牽手引人注意。」

「說的也是，一起去捷運站，路上我們好好聊聊！」打定主意，梁郁希就是要死纏爛、打破砂鍋問到底。

「妳不是趕時間嗎？」傅忻很想趕快把梁郁希打發走。

「唉唷，傅忻，你好急喔，迫不急待回家跟郡瑀溫存嗎？」

梁郁希現在是出版社那邊的職員，早已不是傅忻底下的職員，說起話來沒大沒小，膽敢揶揄曾經的上司。

王郡瑀雙頰漲紅，傅忻感覺到她身形一頓，低下頭看了一眼，隨即對著梁郁希扳起臉孔，「妳再胡說八道，我讓總編加重妳的工作量！」

傅忻長期在浮光公司耕耘多年，人脈累積得相當雄厚，和總編輯的交情也十分良好，當初梁郁希調職過去，還是靠傅忻寫推薦函給總編輯。

「郡瑀好純情！哈哈哈」梁郁希雙手摀著眼睛，調侃完畢後，她收斂笑容，正色道：「好啦，我知道了！我以後只鬧你！」

「妳還是想辦法把這招對付陌語吧？瞧瞧妳的黑眼圈，連妝都遮不住。」

被人說中痛處，梁郁希失魂落魄地喃喃自語，「如果我沒有他想要的那種體質就好……」

傅忻懶得搭理梁郁希說了些什麼，看見列車進站中，他趕緊道：「妳的車來了，先這樣，掰掰！」

梁郁希迅雷不及掩耳的速度拉住他的袖子，在唇上比個噓聲，「欸欸欸！站住！我想知道啦，快告訴我，我會保密的！」

事已至此，想瞞也瞞不住，和梁郁希共事多年，她雖然八卦，但不太會隨意嚼舌根，於是傅忻放心跟她說。

「一個月左右。」傅忻沒好氣地說。

「哇！沒說謊吧？」梁郁希將目光挪向王郡瑀，眼神詢問著，這是真的嗎？居然交往一個月就被自己撞見，真幸運！

捷運警示音響起，提醒還未上車的乘客盡快上車。

傅忻催促道：「妳滿意了嗎？再不上車要搭下一班了。」

梁郁希樂得眉開眼笑，「滿意，之後再問你怎麼來電的。」匆匆忙忙拋下一句話後，飛快奔上列車，在閘門關上的前一秒，順利進入車廂。

還問？傅忻眼睛險些瞪到脫窗。他冷冷地看著列車離站，身旁的王郡瑀開口說：「你們感情真好。」

傅忻瞅見王郡瑀一雙眼睛注視著自己，似是打量。他靈光一閃，俯身在她耳邊說話：「吃味了？」

王郡瑀別過臉，就像在無聲控訴：哼哼。

「在生悶氣呀？」傅忻捧起她的臉，指腹又揉又捏，很快地就把她逗笑了。

與其稱之為生悶氣，不如說是另類撒嬌，為的就是想要他哄一下。

說她賊不賊，很賊！

「好啦，這裡是公共場所，你克制一點！萬一附近有浮光的人怎麼辦？」王郡瑀握住在自己臉上作怪的兩手，一雙眼睛小心翼翼逡巡四面八方。

傅忻聽話的沒再捏臉，只要她笑了，什麼都好。

「我沒料到這麼快就被別人發現我們在交往。」

王郡瑀擔憂地說：「梁郁希安全嗎？會不會說出去？」

把梁郁希底細摸得很熟的傅忻，胸有成竹地說：「不會，一來她沒閒功夫跟別人說三道四聊八卦，平常夠忙了，二來，她很清楚我們是有意隱瞞。」

「既然你信任她就好，就算她說出去也沒關係，順其自然。」

「對呀，我們又不是在談地下戀情。」

「我才不要當你的地下戀人。」

「呵呵。」

【第九章】

難搞的客戶，消沉的工作

距離梁郁希發現傅忻和王郡瑀交往的時間點，又過去三個月，有時候傅忻會收到梁郁希傳來的訊息，追問是如何看對眼的？畢竟傅忻在公司是出名的不近女色，很少跟女同事傳出緋聞，或是和哪位女同事關係較好。

傅忻除了工作上的事務，私事全部已讀不回。久而久之，聽出版社其他同仁說，梁郁希忙到常常睡在公司，不然直接睡在陌語家，不斷的催稿催稿催稿，演變成陌語一章節一章節交稿，而不是整篇小說一起交，被總編輯罵得臭頭。

梁郁希不甘心自己被罵，陌語那麼會拖稿，能讓他一章、一章交稿就不錯了！千萬不要肖想整篇一起交。

總之，傅忻知道梁郁希短時間內不會再八卦了，都要忙到升天的人哪有時間八卦。

手邊的事情告段落，傅忻點開電腦版的LINE，傳送一張雀躍的貼圖給王郡瑀，因為本週六晚上他們要去看夜景。

王郡瑀回傳一張開心的貼圖，不過高興沒多久，她很快被一通電話澆熄喜悅。

來電的是周先生，由於前天訂了一批一千五百本的書籍，當天馬上向倉庫下採購單，沒有意外的話，今日下午會送達到書店。

然而，事情有了意外的變化，周先生說現在這批貨還不確定是否照舊以往走祥和通運，要王郡瑀先不要包貨，備著即可。

先前有一次也遇到同樣的狀況，不過那時候周先生沒過一天來電說可以包貨，走祥和通運。

一千五百本的數量比上次多，書店無法暫放，於是傅忻聯繫倉庫出貨窗口，總計五板的量先暫放倉庫，倉庫因常常要出貨，沒有空間可以放太多天，倉庫要書店盡快確認。

於是隔天，王郡瑀再次聯繫周先生，卻沒有得到他的答覆。又過了一天，由於周先生是海外客戶，無法以電話聯繫，她再次以電子信箱聯繫，依然沒有得到他的回覆，人間蒸發，讓她非常焦慮。

王郡瑀有一種習慣，她喜歡把手邊的事情趕緊處理完畢，不喜歡拖拖拉拉，可是周先生失蹤，讓她急得如熱鍋上的螞蟻，倉庫出貨窗口又一次來電催促詢問，何時可以出貨？

直到週五，周先生消失的第三天，無法再拖下去了。

From王郡瑀：

TO周先生：

請問貨運確定了嗎？

From王郡瑀：

TO周先生：

請問有消息了嗎？
麻煩請撥空回覆
如下午三點前仍不確定，我請倉庫取消訂單

下午三點過後，王郡瑀沒有收到回應，基於合作往來互動，她再寫一封郵件寄給周先生。

From王郡瑀：
TO周先生：

因等不到您答覆
這批書已請倉庫取消
如果需要請再下訂

郵件寄出去後，王郡瑀打給倉庫美素，詢問後續退單該如何處理？美素那邊會直接寫一張訂單作廢的文件，請主管簽名並登入系統作業，即可直接原單退貨，不必繞到書店這邊先點貨、進貨，再刷單退貨一次，太麻煩了。

不知道為什麼，周先生消失後，訂單隨之取消，王郡瑀鬆了一口氣，因為周先生的貨，她已經連續包了好幾個禮拜，每一個禮拜的數量約莫三至四百本，包起來約有十至十二箱，這些必須在短時間內，盡快包完。

假設周先生週一給訂單，下單給倉庫後需要二至三個工作天送達，約週三下午會送達書店，指定走週五的船，最晚週五必須請貨運來提貨，只剩下週三下午及週四上午可以包貨，週四中午過後必須請周先生付款，周先生付款常常拖拖拉拉，搞得王郡瑀包貨急切、等貨款焦慮。

海外客戶一律收到款項才可出貨，畢竟聯繫不方便，若不幸發生賒欠，要追款項實屬不易。

在人力不足的情況下，傅忻沒有幫忙，他有自己身為店長的事情要做，再加上年初審核一批新的預算，最近常和高階主管開會。

既然身為正職員工，她得自行把周先生這幾週的貨吸收掉，不假借別人之手，即便需要他人幫忙又如何？現在店裡人力吃緊。

這些苦她一個人吞下來了。

不過每天包得腰痠背痛，在面對傅忻的時候，把這些症狀竭力隱藏，不想要讓他擔心，傅忻為了新一年度的會議，一日當中，幾乎下午不在店裡，都在會議室，偶爾早上在面試新人。

最近忙得實在太累了，而傅忻常常加班開會，下班後，王郡瑀沒有去傅忻家吃晚餐，而是自行回家休息。

這些因素都不影響他們的感情。

From周先生：

TO王郡瑀：

這麼快就取消啦？

那就原訂單再重訂一次

啊啊啊啊！王郡瑀看見這封信時，很想抓狂。傳了一堆郵件過去，都不回，偏偏她喊出「已取消」，周先生就出現了。

為什麼他要這樣惡整她？王郡瑀捧著腦袋，坐在位置上，崩潰不已。

傳忻，怎麼辦？周先生居然回信了，而且還要訂原本同一批貨，可是她已經跟美素說要原單作廢了！

看著傳忻空蕩蕩的座位，她一個頭兩個大，突然有一種悲涼孤寂的感覺，沒有人可以在這時候跳出來引導她。

由於傳忻今天剛好跟出版社同仁到倉庫辦事，出差不在書店，這麼嚴重的事情，與其請示資深的李芝瑜，不如直接詢問經理，於是她撥打經理的分機。

「經理，周先生下午三點前都沒有回應，所以我剛剛跟倉庫美素說取消，可是周先生現在才回我，要我原單再訂一次。」

「唉……這個人真難搞，美素應該沒那麼快就處理，妳趕快打給美素，讓她明天直接把五板出貨到書店。」

「好、好的……」

王郁瑀結束與經理的通話，立刻撥打倉庫美素的分機。

「美素您好，請問五板那批貨處理了嗎？剛剛客戶說要這批貨，那能請您明天下午送達到書店嗎？」

「啊？客戶又要啦？我還沒處理，確定客戶要了？」

「是的。」

「OK，這批書明天會請司機送到書店。」

剛聯繫完美素，信箱又跳出一封新的信件，王郁瑀點開來看。

From周先生：

TO王郁瑀：

走友達貨運

他們箱子無法用外面有字的套箱，我再確認

你們有空白箱子嗎？外面不要有字

報價給我

王郡瑀立刻來到傅忻的辦公桌，記得有一份紙本文件是空白紙箱的報價一欄表。現在傅忻不在，任何事情要靠自己的能力。

找到文件，她根據上面的報價內容，回信給周先生。

From王郡瑀：

TO周先生：

請問需要使用哪一種箱子

空白箱子一個十五元，這批一千多本約包五十箱

麻煩請盡快確認使用哪一種箱子

書籍沒有地方暫放

王郡瑀現在很焦急，目前已經聯繫美素明天會送達書店，現在周先生又說不確定箱子用哪一款？以前他都是走祥和，祥和允許使用外箱有字的箱子。

難道又要打一次電話給美素？要繼續暫放倉庫？不要啊……她怕被倉庫同仁靠邀，這批書放得夠久了。

From周先生：

TO王郡瑀：

目前不確定

妳先備著

就跟你說沒有空間備著不包啊！青番嗎？聽不懂人話嗎？

嗚嗚，她被周先生搞得好憂鬱，腦袋快要炸裂開來！

這個難題她不知道如何解決，只好再厚著臉皮詢問經理。

「經理，周先生說新走的友達貨運可能用沒字的箱子，他現在還不確定，要我們不要包，美素說明天會把這批書送來書店，應該放哪裡比較好？書店最多只能塞得下兩板，而且兩板要先拆箱，把書分裝到空的書車。」

「他……真的是很煩！，我想想喔，我先跟一樓警衛討論一下，看他們能不能讓我們暫放，原則上一樓大廳是不可以放棧板。」

「好的，謝謝經理。」

王郡瑀呆坐在電腦前，兩眼失神地看著周先生的信件。為什麼他要故意這樣搞她？或者說，搞書店？他為什麼這麼囉嗦！只可惜，這些問題沒有解答。奧客的想法是常人無法理解，他們與生俱來就是專門惡整服務業人員，劣因子是說破嘴也不會改變。

電話響起，王郡瑀接起來：「浮光書店您好。」

來電的是經理，「郡瑀，妳打給美素，請美素告訴司機，讓司機把貨暫放在一樓，警衛說不可以放太久，妳再跟周先生盡快確認可包貨時間。」

「好、好的……」聽見這個答案，王郡瑀鬆了口氣，幸好警衛解決了空間難題，但伴隨而來的是深深的無力感。

周先生看似又要搞消失了，不曉得箱子要確認多久？

「好想死……」她趴在桌上哀號。

打給美素後，一直到下班，周先生沒有回信。果然如她所料，真的又消失了！這個人怎麼那麼機歪！

晚上八點，王郡瑀預備算帳日結時，接到周先生的來電。

「王小姐，你們那個箱子就是一個十五元嗎？」

「是的，不過沒有字的箱子限定大量團購，平常我們出貨的箱子都有印浮光公司的名稱，所以如果您需要，要麻煩您一口氣訂一百個。」
「這個……我現在還沒確定，一定要一百個嗎？」
「對呀，不好意思，這是最低團購數量，不然一般都是有印字，這樣可以跟倉庫一起湊數量，滿一百個紙商才會出貨。」
「數量太多唉。我這邊問到沒限定幾個數量。還沒確定好，我的那批書有再訂嗎？我確定要的，一定要幫我備著。」
「有再訂購，只是書店真的沒有空間可以放置，您那邊何時可以確定紙箱？」
說到紙箱，王郁瑀非常心累。周先生一開始訂單來時，沒有說這次可能會換其他類型的紙箱，她已經將舊有印字的紙箱裝成套箱，一口氣黏五十個，如果他確定不用印字，那放在書店會造成空間非常擁擠，現下已堆疊在客人閱讀區，沒有地方可擺。
「我不確定欸，紙箱那邊我還在問，有消息會馬上通知妳。」
「好的，那就麻煩了。」王郁瑀欲哭有淚。
「我現在前幾週的貨還卡著出不去，真是急死人，錢都付了，所以妳之前提議我付一筆十萬的預付款，沒有辦法啊，這樣我風險太大了。」
出不去你還訂！智障！王郁瑀在心裡狠狠酸了一把。
「對了，如果我的貨，妳在箱外包上一層無字的紙張，這樣可以嗎？我把圖片發信給妳。」
王郁瑀點開信件，圖片上的箱子外面用咖啡色無字的紙張，四面八方包著。看到這張圖，有種不祥的預感。

「我在別家訂的書，他們都這樣包，你們家的書也可以嗎？」周先生在電話裡頭果然說了讓王郡瑀腦壓一口氣上升的話。

哇塞，你是擺明不想花錢買紙箱吧！居然要我付出人力！作夢！

她氣得很想破口大罵，但忍住了，冷靜冷靜，不可以跟客戶這樣說話。

平常裝套箱已花費不少時間，這次五十個套箱用了四小時，手又痠又痛。如果還要像包禮物般，處理外箱的包裝紙，這要佔據多少時間？不是不幫他做，而是不符合成本和時間效益。

他囉嗦、愛挑書況，又愛趕船、每一箱還要一個裝箱明細，即使多一個工讀生幫忙，她也不想要幫他弄包裝紙，這根本是過分的要求！

「非常抱歉，我們出海外客戶從未這樣包裝過，處理您的書籍，書況、套箱、包貨，以及人力有限，這部分無法配合。」

當然不能直接跟客戶說：您的訂單都趕時間，這樣太白爛了。

「是嗎？好吧。」周先生的聲音聽起來十分失落。

王郡瑀捏了一把冷汗，幸好周先生沒有腦袋抽風，繼續死纏爛打，否則會不知道如何收拾。

「那你們報價的那個空白箱，厚度跟套箱一樣嗎？」

「一樣的，空白箱跟海外箱一樣，我們出貨海外一律都用海外箱。」

「拍給我看，比對圖。」

王郡瑀用力捏了一下手機，當作是無聲的洩憤。店裡剛好有海外箱庫存，認命拍兩款箱子的照片，寄給周先生。

「我剛寄照片過去了，麻煩查收。」

「我是怕運送過程中書籍撞傷。」

「運送過程難免有疏漏，我這邊都會幫您把箱內用填充物填滿，減少書籍晃動。那您那邊找的廠商也是同樣厚度嗎？」

「看起來對的。」

還看起來？連這個都不能確認嗎？王郡瑀好想啪啪掌摑他兩下。

「反正有消息會馬上通知妳，先這樣。」

「好的，麻煩您了。」

終於結束通話，她還以為這通電話可以解決目前的困境，至少可以確認使用哪一種紙箱，結果周先生打來依舊在同個問題繞圈圈。

瞥了一眼時間，發現已來到晚上九點，天哪……無償加班，到底造了什麼孽。等到日結完畢，時間來到晚上九點半，她終於能下班回家了。

當天晚上，王郡瑀和傅忻用手機傳訊息的時候，把周先生的事情跟他說。傅忻聽完後，先是無奈地笑著，然後嘆口氣。

傅忻：當然不能答應他，有了一次會有第二次，他會認為我們可以做到

郄瑀：沒錯，所以我沒答應他。可是就怕他下一次又來盧我們（生氣貼圖）

傅忻：再一次也拒絕！我不能讓妳這麼辛苦

郄瑀：我以為你會答應……

傅忻：為什麼會這樣想？

郄瑀：因為你是主管，考慮到雙方合作關係是否能長久，有時候客戶的要求還是得答應吧？

傅忻：老實說，可以答應他這個要求，跟倉庫申請無字紙張，但是對人力及時間負擔太大

郄瑀：了解，我以為你是為了我才拒絕哈哈哈（摀臉害羞）

傅忻：妳摸著良心感受一下，是不是為了妳

收到訊息的王郄瑀愣了一下，手指沒有動作，傅忻沒有明講，但他身為主管有應盡的職責，不能明目張膽在工作上對她太好，不能把私人情緒轉嫁到工作上。

王郄瑀覺得自己說錯話了，不該這樣反問他、不該逼他表態，會顯得她利用私人感情凌駕控制另一半。

躺在床上幽幽地嘆口氣，她閉上雙眼。

叮咚、叮咚，訊息依然持續地湧進來。

傅忻：如果我明天沒有加班，我們一起回家，我燉雞湯給妳喝

傅忻：我的郡瑀辛苦了，周先生那個渾球，居然敢害妳加班。不過沒有主管同意的加班，很難申請通過

傅忻也想幫王郡瑀搞定加班費或補休時數，可是公司規定很嚴謹，沒有主管同意的加班，很難申請成功。就連他延長開會時間也沒有加班費，可是老闆會叫外送，請大家喝飲料。

出版社逢書展、寒暑假是旺季，是非常頻繁的加班節奏，書店身為服務業，有正常的營業時間，幾乎很少加班，浮光配合出版社同仁作業時間，周休二日，再加上附近都是公司行號，即便假日營業，客人也不多，然而年初業務繁忙，找不到適當的新人，加班半小時的次數較多。

久久等不到王郡瑀的回覆，傅忻連續傳了許多訊息。

傅忻：郡瑀？

傅忻：郡瑀？

傅忻：郡瑀？

這些訊息立刻顯示已讀，卻都沒有回應，證明視窗是開著，可是人不在面前。她突然忙了嗎？

困惑的傅忻撥打電話給她，背景聲音響了幾秒鐘，另一端接起。

「喂……」王郡瑀的聲音有著濃濃的惺忪，聽起來似乎剛起床。

「郡瑀，妳睡著了？」

「啊，對不起。」

他們之間訊息沒有中斷，能在短暫幾秒鐘就睡著，可見她非常的疲倦。

「我以為妳怎麼了，害我擔心了下，沒事，早點睡，親愛的晚安。」捨不得心上人睡不飽，傅忻不再強迫聊天，趕緊督促她睡覺。

睡意濃濃的聲音用著撒嬌般的口吻說：「不要……」

「都睡著了還說不要。」

「聽一下你的聲音嘛！」

傅忻聽著她的聲音，心頭蕩漾著暖意。獨自待在房間的他，兀自笑了出來。

「明天去公司聽不好嗎？」

「那不一樣呀，現在是我跟你的兩人時光，你的聲音會更溫柔，而且專屬於我一個人。」

傅忻打趣地說：「沒想到妳很鴨霸。」

「就只對你鴨霸～」

有時候他發現她的講話方式會突然變大膽，示愛的情況也發生過不少次。這樣是好事，他絲毫不排斥，甚至很喜歡她的改變。

「好哦，早點休息，明天還有一天才放假。」傅忻再一次催促。

「親愛的晚安～」王郡瑀這回沒再拒絕，乖乖的去睡覺。

「晚安親愛的。」

對著手機柔柔喊了一聲，傅忻掛上電話後，也倒在床上沉沉睡著。

※　※　※

也許是昨天晚上有傅忻的晚安加持，又也許是離週六約會越來越近，王郡瑀今日精神抖擻的起床上班，抵達公司後，開始等待周先生是否有消息……

周先生今日還是沒有回，讓她覺得很焦慮。明知道沒有什麼好焦慮的，但會覺得事情擱在心裡渾身不自在。她想，或許是自己的性子急，任何事情不能拖，要穩穩妥妥才會安心。

相反的，這種性子會讓她感到焦慮，壓力囤積著，對身心狀態不好。

想到滿滿的一千五百本，總計五大板，每一板高度及胸，她便頭昏腦脹。

為什麼他的書賣這麼好？應徵前，她曾想過現在書籍不好賣，越來越少人看書，這個行業會不會沒有前途？她真的要做沒有前途的工作嗎？

後來仔細想過，找工作要找有前途的呢？還是找能充滿幹勁的工作呢？最終她選擇自己熱愛的行業。她想先嘗試幾年，給自己一些機會，如果真的認為自己做不下去，到時候趁三十歲以前再換都來得及。

出版社同仁皆對書籍懷抱熱誠，用盡心思包裝好每一本作家親自一字一句書寫的書，書籍不該被賤賣、出版社不該被視為是沒出息的行業，他們應該被受尊重。

總而言之，在警衛盯梢的狀態下，五板依然岌岌可危的放在一樓。

傅忻下午去會議室開會，一開就是開到晚上六、七點仍不見人影。

他失約了，今天還是得加班，可是王郡瑀想起假日要一起去看夜景，有沒有吃到他親手熬的雞湯一點都不重要。

約會的前一晚，她在家睡得很熟，兩條手臂和脖子貼著痠痛貼布，先前包周先生引發的疼痛還未康復，雪上加霜的感受讓她對上班充滿厭世。

約會的時候，也許瞌睡蟲還在，她的精神有些不佳，被傅忻察覺後，夜景欣賞一、兩個小時，兩人打道回府。

王郡瑀在傅忻的車上呼呼大睡，一路睡到家，然後被叫起來上樓。她承認，這是交往以來最失敗的約會，原因是自己掌控不住瞌睡蟲。

傅忻眉開眼笑，反而安慰她，約會多的是機會，來日方長。

確實啦，他們會交往長長久久。

雖然瞌睡蟲作亂，但王郁瑀有稍微忘記工作上的不愉快。

週末過去後，新的一週來臨。

距離周先生來電後已過三天，下班前，王郁瑀終於收到周先生的回信。

From周先生：

TO王郁瑀：

走友達貨運

紙箱我週五就請他們寄到你們公司

應該週一今天會到

你跟進一下

太棒了，終於有消息了！看見這封信時，她簡直激動得要跳起來，隨即這股雀躍很快被澆熄，因為想起龐大的五板書量，簡直令人難受。

內心流著血淚的王郁瑀依然客氣禮貌的回覆周先生。

From王郡瑀：

TO周先生：

好的，收到紙箱後會進行包貨

謝謝

信件寄出沒多久，過了幾秒鐘，周先生急速的回覆。

如果他上週能回覆這麼快就好……她不用等到頭髮都白了。

From周先生：

TO王郡瑀：

走週四的船

盡快處理

週四?!

信件的內容讓王郡瑀像是看見火星文字，眉毛擰成一條深深的摺痕，睜著大眼死死盯著螢幕。

有病嗎？有沒有搞錯啊！周五紙箱剛寄出，可是今天沒有收到紙箱……假設週二紙箱送達，那麼她要週二馬上包完並報價，週三寄出，這家友達貨運位在台中，沒有辦法直接請貨運來提貨，必須週三寄出，才有辦法週四送達友達貨運。

週二上午，紙箱送達書店，王郡瑀開始黏五十個紙箱，拉著書車到一樓，先把部分書籍拆箱挪到書店進行包貨，如果等下午倉庫司機來送貨，再請司機將棧板拖到樓上，時間會不夠充裕。

下午時間，倉庫司機來浮光公司送貨，王郡瑀趕緊請司機把五板拖上來，三板放書店門外，兩板放書店裡面。

書店外面有個小空間，不過鄰近電梯，這裡是禁止放大型物品，違者會被警衛罵。她想趕快把書店裡兩板先裝箱包貨，再處理外面三板。

龐大的工作量讓她無暇顧及店內事務，李芝瑜和傅忻在櫃檯處理源源不絕的訂單，王郡瑀在書店後方空地包貨。

手臂的痠疼讓她皺緊眉頭，雙手無力地放在紙箱上。

上午總共處理十五箱，完全沒有停下來休息，她近乎卯足全力，不敢懈怠。中午時候，傅忻和主管外出吃中餐，順便討論公務，離開前只叮囑她要吃中餐。

考量到貨包不完，王郡瑀忙著就把飢餓給忘了，跟山一樣高的書籍令人倒胃口。

禍不單行的是，正逢生理期第一天，王郡瑀上午吞了一顆止痛藥，可能是一直站著包貨，沒有適當的坐下來休息，止痛藥的效果有限。午後，她實在是站不住，腰非常地痠、肚子又疼，雙手顫抖，再吞一顆止痛藥。

今天剛好晚班的王郡瑀，包貨包到晚上八點才結束，終於把五十五箱處理完畢，累爆的她感覺到胃一陣陣痛。她幾乎用意志力把晚班的日結做完。

累癱在座位上，她拿起整日未打開的手機。滑開LINE，訊息雪花片片飛來。她直接點開未讀五條訊息的傅忻視窗。

傅忻：記得吃中餐，吃飽才有力氣工作

傅忻：明天我有空時，我再幫妳包

傅忻：（照片）

王郡瑀點開照片，是百貨公司回頭展的場地布置圖。

傅忻下午五點跟隨出版社業務，外出出公差，查看百貨公司的回頭書展場地。出版社一年四季皆有辦回頭展的活動，促銷庫存量較多的書籍和部分瑕疵品，現在的民眾喜歡撿便宜，歷年回頭展活動業績皆十分優良。

傅忻：出差回家時間不一定，妳下班後趕緊回家

傅忻：我要準備回家了，到家跟妳說哦

最後一條訊息的傳送時間是晚上八點三十三分。

她沒有跟傅忻說自己還在公司，怕說了他會擔心，而且在外出差很辛苦，就怕他拖著疲勞的身子跑來送自己回家。

From周先生：

TO王郡瑀：

包好了嗎？

關上電腦前，信箱收到周先生的來信。

王郡瑀見狀後，整日忙到沒時間用餐、空胃已久，伴隨經期的症狀頻頻反胃想吐，全身上下每一處都在痠痛、叫囂著身體已經無法再負荷下去，這些壓抑已久的情緒突然崩潰，眼淚直接從眼眶滑落，撲簌簌地流下來。

這種鳥日子還要承受多久？

是不是她的抗壓性太低？如果是李芝瑜或傅忻呢？他們面對周先生的訂單時，是否能自然的笑、自然的面對？

捫心自問，是否她不適合這份工作？不適合面對客人、客戶，比較適合做文書、辦公室的行業？

王郡瑀坐在椅子上哭泣不止，書店只剩下她一人，或許是氣氛太安靜，二樓外面靜悄悄，眼淚肆無忌憚地湧出，好似要一口氣發洩囤積已久的悲怨。

一個念頭自心裡萌生——她想辭職了。

說她孬、沒志氣都無所謂，這麼難搞的客戶既然不能拒絕往來，那麼只好自己離開，她不想再面對他，這根本是高壓疲勞轟炸。

為什麼她要承擔這個屎缺？

她還記得剛接下這位客戶時，客戶在信件裡說：啊？負責我的已經換了三、四個，這樣不行欸，你們流動率太高了吧！

是你難搞，不是我們流動率高！

王郡瑀已然陷入沮喪、萬念俱灰的地步，兀自流著眼淚，眼睛哭得紅腫、鼻涕流得沾滿嘴唇。

失魂般的狀態一直持續將近一個小時，晚上九點半才慢吞吞離開公司，返回家後整個人躲進被窩裡，棉被蓋住頭，像個受傷的動物捲曲在床上。

難受的是，傅忻見她遲遲沒有回訊息，特地打來電話。她怕自己的聲音露餡，只好裝做沒收到電話，回覆睡覺中的訊息給他。

【第十章】

初升的朝陽，落日的餘暉

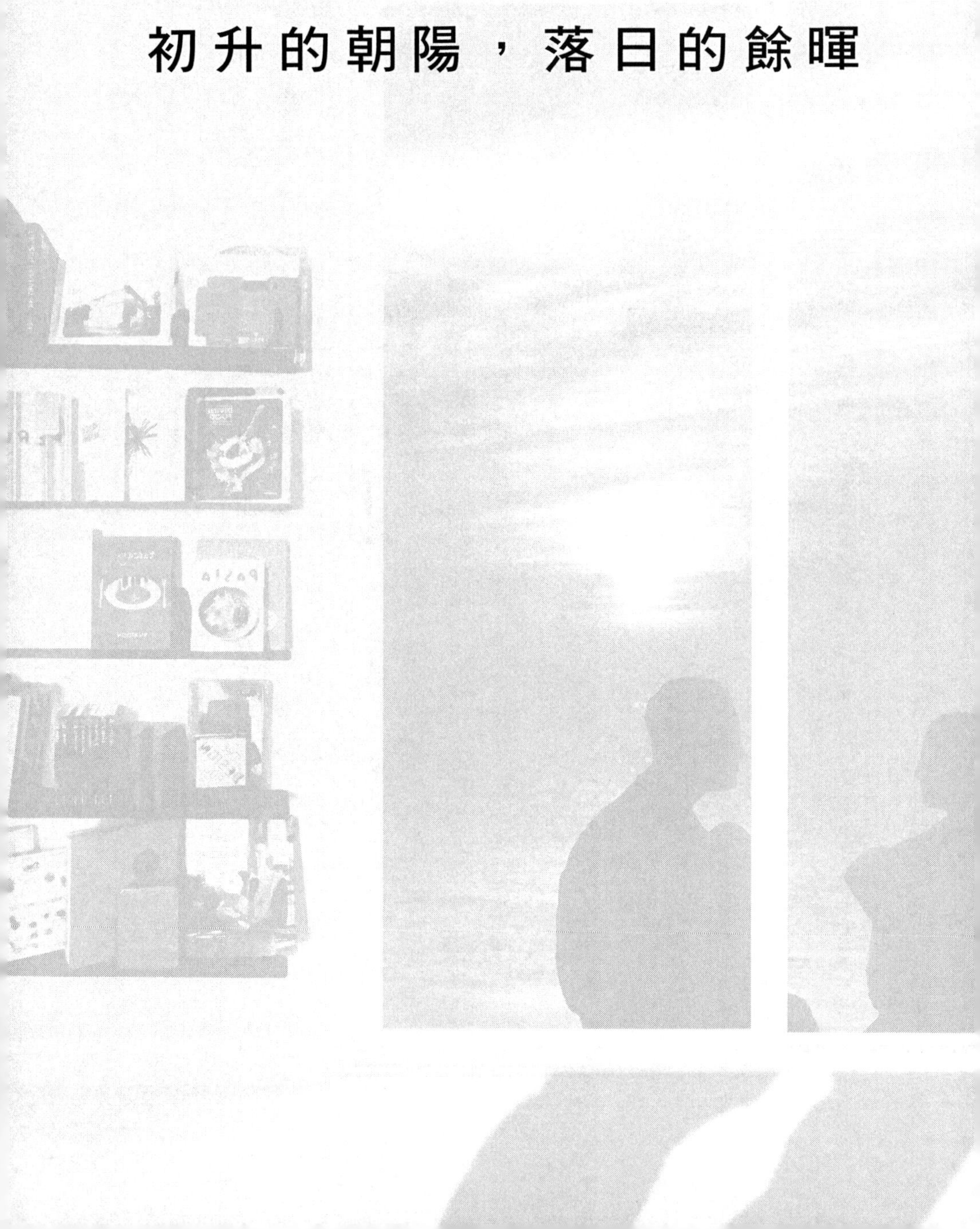

王郡瑀生病了。

從原本心靈上的生病，惡化成身體上的生病。

一開始她單純沒有精神，臉色憂鬱，不太愛聊天，面對客人時仍恭謹禮貌，完成分內之事，後來話越變越少。

傅忻有察覺到王郡瑀在工作上精神不濟、無精打采，以往熱情的動力不曉得去哪裡，有時候難得有空閒，事務都完成了，她會呆呆坐在位置發懵，食量變得異常的小。

他嘗試關心詢問，得到的答案是，可能太累了，也嘗試邀約她來他家用餐，燉煮一些滋補的中藥給她養身，可是她以疲憊為由，拒絕他的邀請。

於是最近他們沒有約會，罕見的是，她喜歡待在家裡，連傅忻家都未去，中藥都是由他親自送來她家，逐漸演變成傅忻常跑她家。

傅忻不介意誰一定要去誰家，對他而言，只要她不想出門，他會去陪伴她，除非她只想一個人獨處。

王郡瑀是北漂族，從南部搬上來租房工作，住得是空間不大的套房。

交往至今，兩人不曾過夜。只有王郡瑀發燒的某一天，他堅持待在她家照顧，她沒有拒絕，應該說，是沒有力氣拒絕，人已燒得腦袋糊塗，也不想去醫院，不得已，只好吃完退燒藥昏昏沉沉的睡著。

傅忻不放心讓發燒的她獨自待在家裡，回家取來換洗衣物，便自行在她家住到她退燒。

在傳忻的照顧下很快康復，只不過精神狀態依然不佳，每一次他問話，她不是悶不吭聲，就是強顏歡笑，無奈之下，他不知道要如何與她溝通，心裡料定她有心事。

傳忻苦惱之際，王郡瑀如同行屍走肉的工作著。

周先生的一千五百本順利出貨，包貨的時光簡直難熬。王郡瑀幽幽嘆了口氣，祈禱下週暫時不要有他的訂單。

能不能讓她休息一週也好？一週就好，她不奢求一個月都不用處理他的訂單。

結果她的希望落空了。

新的一週，訂單來了，數量約兩百本，比起一千五百本不算多，但是包貨的人處於一種臨界點，尤其看見信件上說要趕週五的船後，意志更為消沉。

混帳王八蛋！王郡瑀在紙上胡亂寫著罵人的話，當作是發洩情緒的一種方式，雖然這方法對她現狀沒有用處，可是實在不知道要用什麼方式振作。

周先生的罪狀真的罄竹難書。

她記得有一次發生過很委屈的事情。因周先生付款常常拖拖拉拉，匯率差異的關係，很喜歡請祥和通運幫忙轉帳給書店，這樣周先生可以付他們國家的幣別給祥和通運，祥和通運再付新台幣給書店。

有一次王郡瑀卯起全力包好後報價給周先生，就怕他沒有充裕的時間付款，她週四上午就寄報價單給他，然後周先生說：祥和通運說週四會付款，你們跟進一下——這是他很愛說的一句口頭禪。

跟進啥毀？到底是我的貨還是你的貨？動不動就要他們跟進，除了包貨，還兼差催款。週五當天上班，王郁瑀請公司會計查帳，結果會計說還沒入帳，她趕緊寫信給周先生，馬上收到周先生回覆。

From周先生：

TO王郁瑀：

搞什麼，妳怎麼現在才跟我說？

我跟祥和說說

週五上午才說，又不是她的錯。祥和自己說週四傍晚會匯款，正確查帳時間是週五上午。她這是被周先生給撒氣了嗎？啊！真的是很冤枉。

From王郁瑀：

TO周先生：

公司權責劃分
我們無法直接看見公司帳戶款項進出
必須透過會計查帳
而且祥和匯款時間鄰近下班
會計早已下班，難以查帳

王郁瑀老實把真正情況向周先生說明。她不期待他會諒解，也不期待他口氣會好些，周先生就是那種我行我素，希望大家都配合他的人。

From周先生：
TO王郁瑀：

你們應該要弄一個帳戶
你可以隨時收到款項進出訊息
祥和說今天會安排匯款
妳跟進一下

實在是有口難辯！公司帳款必須由會計管理，她怎能隨意用一個帳戶？這樣她謊報報價單給客戶，請客戶轉錢到自己帳戶，由自己私吞就好了。

可是這萬萬不可啊！這是很嚴重的罪狀！

他到底懂不懂？公司不是她一人說了算。

From王郡瑀：

TO周先生：

祥和都是傍晚固定轉帳

等祥和匯款會耽誤到出貨

來不及請祥和來提貨

等傍晚收到款項，祥和司機都下班了，要如何請祥和司機提貨？

From周先生：

TO王郡瑀：

幫我跟主管談，這次先放行，款項隨後就轉
都合作這麼久了

理所當然，周先生的要求被經理打槍，經理無奈地說：上次給他一次方便，先出貨後付款，他就食髓知味、得寸進尺。

經理講話犀利且直白，王郡瑀當然不能這樣回覆給周先生，於是禮貌性地拒絕，以公司最近查帳嚴格，規定須先收到款項才可出貨。

談不攏，周先生只好去向祥和說明，請他們立刻匯款給書店，否則等到祥和傍晚統一匯款，定是來不及。

這種情況不只一次發生，周先生常常拖到週五才請祥和安排匯款，有時候王郡瑀基於信任祥和，會週五上午請祥和來收貨，等實際能確認款項入帳是週一上午了，風險太大，她只是個基層員工，如果真的發生收不到款項、周先生搞消失、聯繫不上，除了被經理臭罵一頓，可能還會被要求賠款。

於是每次處理周先生的訂單，王郡瑀壓力非常大，趕包貨、趕出貨、趕收款……心情沮喪、鬱悶的時候，王郡瑀收到傅忻的訊息。

傅忻：我下午要出差，晚上不會回公司，會直接在外出差後下班回家，妳下班後趕快回家，知道嗎？

傅忻：茶水間冰箱有我燉的雞湯，妳拿去微波爐熱一下喝

王郡瑀微微一笑，隨即眼簾垂了下來，露出憂鬱的神情。最近她對他冷淡許多，因為周先生帶來的壓力關係，她很清楚自己的身心變化。

她不想要講話，只想發呆休息，就這麼呆一整天也甘願。

雖然傅忻詢問過幾次原因，怕他擔心，她遲遲沒有坦白心事。他面對這樣的自己，依然保持關懷與熱情，尤其生病發燒那幾天，特地住進來照顧自己，她非常感動和幸福。

可是她依然找不到動力，依然開心不起來。

他的熱情如初升的朝陽，她的心情如落日的夕陽，色澤濃得沉鬱。

晚上下班的時候，王郡瑀日結做完，靜靜地坐在椅子上發呆，然後眼淚莫名掉下來。一日之中只剩下發呆是最好的時光，什麼都不用想。

她厭惡自己變得多愁善感，卻找不到半點方法，令人焦躁不安。

書店裡面傳來了隱隱地啜泣聲，不該出現在公司的傅忻，這時站在門後沉痛地嘆了口氣。

他知道原因了。

如果沒有今天折回來找她一起下班，他或許要很久之後才知道她的狀況已經到達極限。

但是他不懂得是，她可以告訴他，需要幫忙、需要支援，任何煩惱都應該跟他說，他是她的主管、男朋友，兩種不同的身分都是她可以傾訴的對象。

如果是怕他身為男朋友公私不分明，那麼就以同事的身分告訴他這個主管，可是她選擇不說，故作堅強，故作若無其事。

該如何是好？

一開始，他不願將周先生交給她處理，原因是她當時資歷太淺，可是李芝瑜手邊的客戶負責時間已久，他便沒有調動的念頭，再加上李芝瑜手腕有傷，正在持續復健中，不適合接下數量龐大的周先生。

身為店長的自己，負責太多海外客戶，時常要與出版社開新書彙報會議等，原本他打算把周先生攬在自己身上，包貨等業務處理交給底下的王郡瑀和李芝瑜，就怕交給那兩人，會承受不住周先生的壓力，然後離職，林伯佑離職時，有向他坦白過，壓力太大。

有了前車之鑑，他本想攬在自身。不過在經理的建議下，認為王郡瑀該學習新的經驗，才將周先生交給她負責，讓她歷練歷練也好。

如今這個決定，果然太強人所難了。

他總覺得……王郡瑀會離開，所謂的離開是指離職。

至於什麼時候離職，他不確定，如果沒解決她的痛苦，離職是遲早的事情。

如果她真的想離開，在他與她促膝長談後，仍改變不了主意，他會讓她離開，如果這能讓她快樂的話。離職並不是多嚴重的事情，每個人能承擔的壓力不一樣，不能以偏概全認為她太嬌貴、抗壓性太小，反而能透過這件事情，想通是否適合這個行業、是否適合這份工作。

可是多少……他會失望，不是對她失望，而是失望她的離開。他很希望能與她一起在出版業共事、不僅僅她是他的女朋友而已，而是以同事的身分一起努力耕耘出版業。

他不能在這什麼都不做，靜靜地聽她哭泣。就算之前詢問過她很多次，這一次要刨根究底，要讓她誠實面對。

於是他推開書店的大門，大步流星走進室內。只見她嚇了一跳，睜著雙眼，聲音全被堵在喉嚨。

傅忻拉了張椅子來到她面前，坐下後抽起衛生紙，擦拭她濕潤的眼角和臉頰，「郡瑀，可以跟我說說看嗎？」

王郡瑀顫顫地垂下眼簾，她不介意自己難堪的模樣被他看見，介意的是被他發現她在哭。這一次躲不過了，勢必得告訴他真正原因，可是她還沒有做好心裡準備，怕說了，就是在對工作抱怨，她不喜歡當一個成天只會跟男朋友抱怨的女孩，情侶之間應該要相處和樂融融，而不是不斷聽著對方對生活的怨氣，這勢必會影響彼此的感情。

見她仍不願意開口，應該說，她在猶豫不知道要如何開口。傅忻繼續用柔情攻勢動搖她的心靈。

第一步，他先握起她的兩手，用自己的大掌包覆著。
第二步，語調緩慢，眼神溫柔。
「郡瑀，妳要知道一件事情，我們是同事，而且我是妳男朋友，好，先不談男朋友身分，就算我是妳的上司，妳有任何問題都該跟我說，而不是自己承擔。」
這一招果然奏效，能看得出來王郡瑀從猶豫到全盤脫口而出，經過一番內心掙扎。
王郡瑀咬著嘴唇，低頭悶聲道：「因為我想證明自己的實力，我想要成為獨當一面的人。」說著，她抬起頭，筆直的視線劃進他專注的眼底。
「我記得你有說過，當初會用我是因為我的幹勁，對這份工作的熱誠，你用心教導我，帶我去辦書展，我不想辜負你的期望，而且我又是你的女朋友，更要為你負擔公務，讓你在工作上專心處理好店長的事務，我不想拖累你。」
從面試那天起，傅忻就知道她是個很認真、努力向前衝、學習的女孩，正因為太認真，反而讓自己過得太壓抑、太辛苦。
「我知道妳的心意，我很高興。但是妳太逞強。」傅忻撫摸著她的雙手，慢條斯理地說：「職場之間，不是單打獨鬥，而是團體戰。妳不跟我說，一個人默默的做，總有一天會先疲累，失去原有的幹勁。」
不料，王郡瑀神情激動地大喊：「我不想要你擔心，而且你們都很忙，我不想要因為我的無能找藉口！」

「妳哪有無能！」傅忻抬手敲了一下她的額頭，「妳幫我很大的忙，以同事身分來說，幫我處理很多事務，最重要的是應付周先生，以男朋友的身分來說，陪我一起吃飯、聊天等等，在我最疲累的時候，聆聽我的心事，在我受傷的時候，幫我打掃家裡、照顧我，妳會的實在太多了，不要妄自菲薄，認為自己沒用！」

聽著他一連串說出誇獎自己的優點，王郡瑀唇角不由自主挽起，「我不知道在你心裡我這麼好。」

「有沒有很感動？」他笑了笑，輕輕摸她的頭髮。

「嗯，很感動。」心甜甜的，她很高興能在他心裡有良好的印象。

傅忻雙手轉而搭住她的肩膀，將她摟進懷裡，在她耳邊低語：「郡瑀，對不起。會把周先生交給妳，是因為沒有別的人選，芝瑜手受傷，而我手邊事務太多，經理建議給妳練習，是我沒有顧慮到妳的適應能力。」

「千萬別這麼說，我明白主管的用意，是想讓我學習經驗。」他不該把錯都攬在自己身上。

傅忻嘆了口氣，一口氣將決定說出口，「周先生窗口從明天開始我來負責。」

聞言，王郡瑀驚訝地跳起來，「店長！這不好，你已經夠忙了。」

「如果我不接手，妳會受不了的，萬一妳離職怎麼辦？」離職是傅忻最不願意看見的事情。

王郡瑀吃驚地瞪大眼睛，「你知道我想離職？」她沒有表現出想離職的行為啊！充其量鬱鬱寡歡、精神不振。

「表情那麼明顯，我會不知道？」難道這些日子他觀察假的呀？林伯佑雖然想轉換跑道，但有一半原因是壓力太大而離職，有了前車之鑑，傅忻從她這陣子的狀態就能推敲一二。

「也不能說想離職，我只是在思考，是不是自己不適合這份工作。」王郡瑀垂下頭，擰著手指。

看吧！目前王郡瑀的思慮模式完全跟林伯佑一樣。傅忻按了按疼痛的額角，「那有結果了嗎？」

王郡瑀搖了搖頭。

「慢慢思考，這種事情不急。」看見她的動作，傅忻暗暗鬆了口氣。話音剛落，他想了想，決定換個說詞，「不管未來妳是否要離職，我都尊重妳，妳該選擇一條自己適合的路。」

「假如我要離職，你不挽留嗎？」王郡瑀很希望他能挽留自己、打消離職的念頭，如此一來可以穩定搖擺不定的心。

「我比較想要看見妳開心，如果這份工作真的不適合妳，妳做來是勉強、不快樂，那我內心會很難受。知道嗎？我只要妳開心就好。」他低頭在她髮梢落下一個吻。

王郡瑀很感動，傅忻事事都為了自己著想。她主動張開雙臂擁住他，上半身撲進懷裡，「嗯，我知道了。」

她話鋒一轉，「可是……我覺得我還是必須承接，雖然很痛苦，但是不想要把燙手山芋丟給你，我不能逃避的，你說對嗎？」

「我覺得這不是逃避。」她依然怕他累著，貼心地基於他身為店長忙碌的立場，不願意讓他更累。傅忻感到心疼。籲了口氣，細細想了想，他說：「不然，我暫時接手，窗口我來回覆他，包貨的事情還是由妳來做，畢竟我沒有多餘的時間……當作放個假，好嗎？」

再怎麼說，傅忻仍堅持定要讓王郡瑀有充裕的時間整理、調適好身心狀況。

「……好。」王郡瑀不再拒絕，接受傅忻的好意。

「手還疼嗎？」傅忻輕輕揉著她的手腕、臂膀、胳膊、肩膀，這是長期包貨會引發疼痛的部位。

「原來你連這個也知道！」

傅忻在她耳邊一字一字地宣示：「我是妳男朋友。」

貼心、觀察敏銳、溫柔……諸多優點存在於傅忻身上，她好幸運有這麼一位優質的男朋友。

「郡瑀，聽著！」傅忻扣住她的雙頰，掌心完全包覆她的小臉，熠熠的雙眼望進她眼底深處，「妳不是一個人，妳還有我，妳可以盡情的依賴我，我最喜歡妳的依賴，千萬不要認為會拖累我，也不要太善良，認為我太累，會造成我的困擾。」

王郡瑀感動得紅了眼眶，「店長……」

「叫錯了。」傅忻擰眉瞪眼，沒好氣地糾正。

「傅忻……」

「那些鳥事通通忘掉，我們來想想假日要去哪玩？」

「嗯，好！」

王都瑪勾住他的臂膀，腦袋輕輕依偎在他的肩上。她想，如果有他在身邊的話，很多事情都能迎刃而解，在大的困難都不是問題，因為他會帶著她前進，走向每一天的日子。

【尾聲】

書店的五四三

「聽說傅忻交女朋友了。」

「真的假的?!」

「欸欸欸，我有看到他下班跟一個女生走在一起，兩人牽著手，絕對是女朋友，而且還是我們公司的！」

「長怎樣？」

「沒看到，不過個頭矮，穿著不怎麼樣。」

茶水間是最常聽見八卦的地方，這裡時常聚集著同仁，來裝水時聊天、洗碗時聊天，隔壁是女廁，是絕佳的聚會場所。

正在裝水的王郡瑀聽見出版社同仁聊起自己的事情。

雖然二樓只有書店，沒有出版社辦公室，不過樓上茶水間太多人，有些人會跑到二樓茶水間裝水。

王郡瑀低頭看著今天自己的裝扮，白色T-shirt搭配牛仔褲，色彩單調且基礎，沒有顯眼的特色，有時候會穿運動品牌的運動褲，平常的穿著都是休閒的風格。

相較之下，見過不少同仁穿著以時下流行元素，手腕、耳朵、頸部會配戴飾品做裝飾，還會看見有人穿著高跟鞋、馬靴。

在書店工作時常要走動搬書、出貨，她很清楚無法配戴飾品，更無法穿高跟鞋工作，這部分早已認命，再加上她沒有習慣配戴飾品。

她穿著有這麼糟糕嗎？

休閒裝扮不是很糟糕的搭配元素，有些模特兒把白T和運動褲搭得非常有型。那麼是沒有打扮？還是自己本身條件就不好，身材矮小、比例沒有玲瓏有致，甚至沒有化妝。

現在正在茶水間聊天的同仁，每個人臉部都有上妝，睫毛、眉毛、眼線、口紅、輪廓陰影，妝容十分精緻。

「嘿，妳的水滿出來了。」

一道聲音拉回王郡瑀神遊的思緒。她一回過神，發現水滿出保溫瓶，整隻手溼答答。

「啊！」王郡瑀轉頭對好心的同仁說道：「謝謝。」

離開茶水間，王郡瑀心裡下了一個決定——是該好好打扮了。

幾天後的上班時間，王郡瑀快速走進書店，放下包包。比她早先一步進公司的傅忻向她打招呼。

「郡瑀，早，妳……」話未得及出口，當傅忻看見王郡瑀臉上的妝容，不由怔住。

今天的她非常不一樣，眉毛特別用棕色染眉膏上色，黑色眼線將她的眼睛勾勒得更有神，眼窩部位是奶茶色，妝感不濃，自然又清新。

傅忻直勾勾看著她沒有說話，宛如被她新的一面震懾住。過了幾秒鐘，在她慢慢靠近，沖著他微笑之際，這才反應過來。

「今天是什麼日子嗎？特別打扮？我記得我們今天沒有約會。」

被這樣目不轉睛盯久了，頗不好意思。王郡瑀害羞地摸著臉，亮黑的眼睛流露出期盼，

「昨天下班看到不錯用的化妝品，好奇買來用用，不好看嗎？」

傅忻望著她的眼神是充滿驚異，儘管他的表情透露出被迷到了的神色，她仍想從他口中聽見稱讚的話語。

「好看，很漂亮。」傅忻大方地稱讚，毫不掩飾自己的喜歡。

耶！成功了！王郡瑀高興地握緊拳頭，迫不急待想跳起來歡呼，世上沒有醜女人，只有懶女人。

見她雀躍、興奮的模樣，傅忻百般斟酌，最終還是說了出口，「妳是聽到什麼風聲嗎？」

「……嚇，你怎麼知道？」如傅忻預料之中，王郡瑀的反應特別明顯。

傅忻嘆了口氣，趁晚班李芝瑜還沒進公司時，伸手將她擁入懷裡。

「公司就這麼大，我當然知道，不要去在意別人閒言閒語，做自己，最自然的一面就好。」

「那你喜歡我今天這樣的打扮，還是以前的打扮？」她承認是有在意，否則不會刻意打扮，不過試著打扮後，心情變得很好，整個人也變得容光煥發。

俗話說，走路都有風？

「都喜歡。」

「好敷衍的答案。」王郡瑀不滿意地噘起嘴。

傅忻捧起她的臉，在她嘟起的嘴唇落下一吻，「我不會敷衍妳，這就是我最真實的答案，我如果敷衍妳，那我是裝作沒看見。」

王郡瑀嘿嘿地傻笑，喜不自勝地咧開嘴。

傅忻看著她美麗的妝容，覺得如果什麼也沒做，似乎浪費她的努力，靈光一閃，道：「既然妳今天有打扮，我們下班後臨時去約會。」

「好啊！」

※　※　※

晚上下班的時候，王郡瑀拿起毛帽，把自己掩得實實，結果人還沒走出書店大門，帽子便被傅忻摘下。

「要遮乾脆不要畫妝。」

傅忻牽起她的手，一起邁向電梯，只不過王郡瑀步伐遲疑，用著充滿不確性的口吻問道：「我們要牽著手一起搭電梯下樓？」

「當然。」

交往以來，他們沒有牽手一起搭乘電梯、一起步出大樓，為的是低調，不願讓他人知道，可是傅忻今日的態度很反常。

兩人來到一樓，就在快走出大門時，聽見另一班電梯打開門，一群女孩們走出來，緊接著他們的討論聲傳來。

「欸欸，傅忻和他女朋友。」

「我今天好像見過這個打扮耶，在二樓茶水間！印象中有看見她的臉，可是……怎麼想不起來？」

其中一位女孩譏笑道：「看來是張路人臉。」

「也不是，滿可愛的女生。」

「二樓……是書店的女生嗎？李芝瑜、王郡瑀？」因為平常都會有業務往來，有時候會去書店晃晃購書，她知道書店有兩位女生。

「啊，有可能欸！可是也有可能是其他樓層。」

走在前方的王郡瑀不禁加快腳程，對著身旁的男人低聲道：「我就說要遮吧。」

「女朋友今天太漂亮，不准遮，不然就浪費妳辛苦畫的妝。」傅忻依然老神在在，似乎一點也不怕被發現，被心急的王郡瑀拖著走。

「那被發現怎麼辦?!」不是說好要隱瞞交往嘛！

傅忻聳了聳肩，然後輕輕一笑，「無所謂，那就讓他們知道妳是我的女朋友。我的女朋友打扮起來，是很威的，誰都比不過妳。」

王郡瑀目瞪口呆地看著他，「我的打扮讓你很驕傲嘛。」

「那不是驕傲，是不爽，我厭惡他們批評妳。」有時候去樓上開會，傅忻會聽見出版社女性們把八卦當三餐不停的講，還有不少人問他是不是交女朋友，頻頻試圖問出郡瑀的身分。

「有你這麼一說，我真的不介意他們怎樣說我。」王郡瑀是真心的，真的不在意同事們的閒言閒語。她緊緊握住他的手掌心，忽然停下來，踮起腳尖，主動親吻他的雙唇。

「傅忻，希望我們長長久久。」

「我們會的。」

【全書完】

【後記】

大家好，第一次嘗試都會愛情故事～這個故事首先要感謝齊安編輯的提議，建議我可以寫工作上的趣事和鳥事哈哈哈。

書店這項職業其實很神祕，外人真的認為是件很文青及輕鬆的故事，花鈴曾遇過不少人詢問：天哪，也太文藝的工作！但真相是，真的不是文藝輕鬆的活，而是勞力活，尤其逢電商折扣戰，例如雙十一等熱門節日，訂單量如海量般湧來，忙到腦袋當機，有時候我會想，現在很多人都不看實體書了，為什麼業績反而沒有變少？畢竟現在科技進步，越來越少人翻閱實體書，市面上陸陸續續收掉書店，好令人悲傷的現實。

再來是服務業都會遇到的千奇百怪奧客，身為書店的職員肯定也會遇到，有時候花鈴不禁懷疑，服務業似乎沒人權QQ

現今時代標榜顧客至上，以至於養成許多奧客唉唉！沒有做過服務業的，或許不太懂身為服務業的辛酸～（各行各業都有各自的辛酸）。

劇情中的奧客都是真人真事！若也是身為服務業，看完肯定感同身受>w<

透過這個故事揭開神祕的面紗，不曉得看完故事的你們，有沒有對書店改觀，並且重新認識？

花鈴很喜歡浮光故事中的男、女主角，特別將店長設定為大帥哥，因為很少在外面看到俊俊的書店職員，從事這類型的工作多半是女性，順勢滿足了自己的期待，既然是揭開書店的神祕面紗，花鈴由初踏入這圈子的菜鳥女主角擔任這個角色，透過菜鳥的視角，讓大眾了解書店的工作環境與內容。

除了主角團，花鈴也喜歡裡面的配角團隊，蘇大作家及可憐的編輯，蘇大作家有個不為人知的祕密，這個祕密只有責任編輯知道，至於什麼祕密，容許花鈴之後有機會再跟大家揭露>W<

最後謝謝書豪編輯的協助，讓這本書可以成書與大家見面，希望大家會喜歡這個故事，也特別感謝支持本書的可愛讀者~

要青春104　PG2829

要有光 FIAT LUX　浮光下的絢陽

作　　者　花　鈴
責任編輯　石書豪
圖文排版　蔡忠翰
封面設計　吳咏潔

出版策劃　要有光
發 行 人　宋政坤
法律顧問　毛國樑　律師
印製發行　秀威資訊科技股份有限公司
114台北市內湖區瑞光路76巷65號1樓
電話：+886-2-2796-3638　傳真：+886-2-2796-1377
http://www.showwe.com.tw
劃撥帳號　19563868　戶名：秀威資訊科技股份有限公司
讀者服務信箱：service@showwe.com.tw
展售門市　國家書店（松江門市）
104台北市中山區松江路209號1樓
電話：+886-2-2518-0207　傳真：+886-2-2518-0778
網路訂購　秀威網路書店：https://store.showwe.tw
國家網路書店：https://www.govbooks.com.tw
總 經 銷　聯合發行股份有限公司
231新北市新店區寶橋路235巷6弄6號4F
電話：+886-2-2917-8022　傳真：+886-2-2915-6275

出版日期　2023年2月　BOD一版
定　　價　300元

讀者回函卡

Printed in Taiwan

國家圖書館出版品預行編目

浮光下的絢陽 / 花鈴著. -- 一版. -- 臺北市：
要有光, 2023.02
面；　公分. -- (要青春；104)
BOD版
ISBN 978-626-7058-71-8(平裝)

863.57　　111021153